ALEXANDRE GUARNIERI

ARSÊNICO & QUEROSENE

Arsênico & Querosene , 2019.
Kotter Editorial, 2019.

Coordenação editorial: Sálvio Nienkötter
Editor executivo: Raul K. Souza
Editora adjunta: Isadora M. Castro Custódio
Produção: Cristiane Nienkötter e Daniel Osieck
Projeto gráfico e editoração: Jussara Salazar

Dados Internacionais de Catalogação na Publicação (CIP)
Angélica Ilacqua CBR-8/7057

Guarnieri, Alexandre
Arsênico & Querosene : antologia poética / Alexandre Guarnieri. -- Curitiba : Kotter Editorial, 2019.
278 p.

ISBN 978-65-80103-79-9
1. Poesia brasileira I. Título
19- CDD B869.1

Kotter Editorial
Rua das Cerejeiras | 194
82.7700-510 | Curitiba | Paraná
+55 (41) 3585-5161
www.kotter.com.br | contato@kotter.com.br

KOTTER EDITORIAL

ALEXANDRE GUARNIERI

ARSÊNICO & QUEROSENE

(antologia poética)

KOTTER
EDITORIAL

SUMÁRIO

CONTRABANDO NOS POSTOS DA ALFÂNDEGA PÓS-UTÓPICA

/por Nuno Rau/

no livro corporal (sob o martírio
de ser escrito) o sal que cada talho
encontra, arde, demora a curar
a chaga criada por cada frase exata
'sangue | suor / e celulose (ii)

Uma antologia, oito anos depois do primeiro livro publicado, sucedido por outros três, um Prêmio Jabuti na algibeira e vinte anos de corpo-a-corpo com a poesia - *no meio do caminho*, alguém diria - formam uma excelente oportunidade para interrogar, porque garantida a necessária perspectiva, a trajetória de um poeta. Um dos modos de aproximação pode ser, de início, desentranhar do tecido dos poemas o conjunto de procedimentos compositivos, e, dele, perceber sob que chave opera e como se afirma seu discurso enquanto projeto. O que iremos buscar, portanto, não parte da aceitação da obra como coleção de partes isoladas, e sim da tentativa de interrogar a sua articulação para compreender, desse todo, qual o traço de pensamento subjacente à produção do poeta que atravessa e costura o conjunto de seus livros. Não nos interessa tanto a cronologia das publicações, mas delas estabelecer uma visada transversal que consiga, ao final - se tudo der certo -, capturar a unidade do que aqui é apresentado na forma de antologia. Para tanto são necessárias pistas, intuições preliminares, e, neste embate, me sinto de algum modo privilegiado: há, quando menos, um traço que me liga ao imaginário de Guarnieri. Ele consiste na ideia da máquina (presente em nossos primeiros trabalhos publicados, ainda que por abordagens bastante diferentes), do mecanismo que encena a existência do poema como engrenagem do livro, sendo este último o dispositivo articulador de um discurso que deve totalizar, no resultado, mais do que a soma das partes – os poemas – individualmente consideradas. Por meio deste corte transversal, acaba nos surpreendendo, por um lado, a emergência reiterada de alguns eixos temáticos, e, por outro, do emprego de um método de decupagem do real. Este pode ser definido como um primeiro traço da visada de cada poema de Guarnieri: ou o poema fatia em lâminas o real, exibindo-lhe a medula (para me alinhar com uma das metáforas caras ao poeta, o modo como a carne se ancora nos ossos dos dias), ou ele imprime rotações e translações ao seu objeto – uma máquina, um processo fabril, uma parte do corpo, um produto industrializado, uma mitologia –, de modo que toda uma miríade de faces reste impressa no poema.

A poesia que esta antologia reúne estabelece um diálogo – de alguns modos equivalente ao que ocorre em Cabral, como apontou Mauro Gama no posfácio de Casa das Máquinas – com as imagens da conurbação contemporânea, de matriz maquínica, que se reveste de complexidade pelos espelhamentos tecnologia-corpo-cultura. Por esta via se revela uma quase simetria com aquele Cabral, moído e reprocessado pela visada pós-utópica, tal como teorizada por Haroldo de Campos. O poema preserva esse diálogo e, dentro dele, o que suas engrenagens triscam, mastigam, moem ou deixam resvalar, e se afirma como crítica, que recorta e reformula definições, redesenha construções simbólicas no lugar das que não mais se encaixavam bem no cotidiano. O poema, espelho fragmentado, replica - como a urbe reflete a si mesma em suas mil vitrines e fachadas de vidro - uma realidade multiforme de ritmos intermitentes inscritos no texto como diversidade de andamentos. Tecida por estas construções sintáticas, se considerarmos o conjunto de quatro livros integrados nesta antologia, podemos afirmar, sem risco de equívoco, há uma ficção subliminar que os perpassa; mas essa ficção traz consigo o registro impuro, atravessada que é pelo universo HQ e pela herança do *rock*, pela cultura de massa que se infiltra, corrói como ácido as bordas do discurso quase sempre compacto das estrofes - e a corrosão é índice de sua saúde, como veremos, como uma espécie de aço *corten*, onde a ferrugem é a proteção contra a degeneração.

Essa ficção é também uma poética que reapresenta a matriz épica da aventura humana. Considerados em conjunto, esses livros são reverberações de um discurso épico, irradiações de energia telúrica orbitando a aventura de um personagem que tem inúmeras faces: ora é o engenheiro (ou técnico), ora o médico (ou xamã), ora o astronauta (ou nauta), ora Poseidon (ou deus destronado). Cada qual uma face do progressivamente mais complexo herói da epopeia cuja narrativa, elidida, apresenta um Ulisses posto a descoberto em ponto ainda incerto de sua jornada não sabemos para que Ítaca, se Ítaca houver para nós. Deslocado, fragmentado, mosaico de máscaras, nosso personagem vaga pelos livros transmutando-se, travestindo-se, numa ponte pênsil entre Apolo e Dionísio. No fundo da narrativa, os deuses - mesmo mortos - encenam sua interação com o humano: o engenheiro/técnico retraz um Urano, o médico/xamã revisa Asclépio, o astronauta/guerreiro reencena Marte, as máscaras deste multilátero Ulisses, que, enganando o leitor, submerge e reaparece, qual Hermes.

N'*O Sal de Leviatã*, por exemplo, essa epopeia é o que foi apagado do livro - porque os romances, o cinema e todos os tipos de dispositivos nos trazem já há muitas décadas aquilo que a poesia cumpria antes -, e os poemas são esse halo iridescente em torno de um centro vazio, mas um vazio que, à feição de um buraco negro, exerce sua potência e nos suga para o centro de seu discurso pela rotação de suas engrenagens, sua sintaxe, suas imagens, seu fundo de pensamento, paisagens que nos reportam ideias. Terreno em que, de certo, só temos ambiguidades, espelhadas também pelo arsênico que integra o nome deste volume: era medicamento (no século XIX descobriu-se que, numa aldeia de camponeses nos Alpes Estírios, a população ingeria o arsênico como tônico e, em alguns casos, em dose suficiente para matar até quatro pessoas), mas era também um eficiente pesticida e insumo na indústria de armamentos, de componentes eletrônicos e de tintas. Se na homeopatia, o *arsenicum álbum* é indicado para males que nos aturdem o dia-a-dia, a poesia-arsênico remete a Hefesto, cujo defeito físico pode ser uma representação da arseníase, mal que decorre da exposição ao arsênio, ἀρσενιχόν: como na Era do Bronze ele era adicionado ao cobre para endurecê-lo, a habilidade do deus era também a sua sina, o seu castigo.

A mesma ambiguidade afeta o querosene, subproduto da destilação fracionada do petróleo, o πετρέλαιον [*petrélaion*], πέτρα [*petra*, pedra] + ἔλαιον [*élaion*, óleo, azeite], óleo bruto de cor negra, a cor da tinta sobre o papel dos livros, originado por matéria orgânica - morte de organismos ricos em carbono, zooplânctons, algas e outros microrganismos, há mais de 300 milhões de anos, constituído, basicamente, por carbono e hidrogênio. Por sua relativa segurança no manuseio, foi o primeiro derivado com valor comercial, substituindo o óleo de baleia nas lamparinas públicas, em meados do século XIX. Hoje usado também como combustível para aviões, resulta do artifício humano sobre a natureza, e, assim como o arsênico, tem seu lado *pharmacon* – veneno e remédio – apesar de sua utilidade é responsável por poluição, além de ser usado até autoimolação, como o caso dos monges ligados às forças separatistas tibetanas, que derramam querosene sobre si mesmos e ateiam fogo (como se não bastasse, bebem, antes, cerca de meio litro para evitar que se consiga apagar as chamas usando extintores).

Arsênico e querosene são carregados de sentidos de saúde e doença, como acontece com a poesia, porque parte do mundo que é permeado por maravilha e terror. É deste modo [*"até que se descubra / que o veneno e o antídoto (a fatura / a carestia),/ a doença e a cura, indissociáveis siamesas, / já são partes da mesma mistura"*] que o poeta se acerca do mundo e, apesar do espanto de que é tomado (ou por causa dele), afia seus instrumentos para realizar a decupagem do todo em planos que reelabora com suas ferramentas de linguagem. E de que ferramentas se vale Guarnieri? Podemos mencionar o seu discurso cerrado, em *close*, não se afastando do anseio de precisão com que busca desenhar seus objetos com a nitidez das figuras geométricas – mas, aqui, em relação a Cabral é quase um antípoda, não se limitando a uma *poesia do menos*, não desbastando a forma até o limite. Sua engenharia reversa não elide adjetivos, não lima o discurso ao limiar do osso da linguagem. No entanto, nada é excesso na maquinaria do poema, mesmo os adjetivos são elos na engrenagem, delicados fios entre circuitos, ou nervos tensionados que acionam pensamentos e emoções precisas nos tecidos a que são ligados.

Podemos então concluir, talvez, que a potência de uma dada poética é, não raras vezes, consequência da fagulha que resulta do atrito de atributos contrários nela coexistem; o livro que temos nas mãos é um claro exemplo disto. A precisão que o discurso apresenta é dinamizada pelo aparato verbal empregado, por procedimentos de uma prosa que, por vezes, beira a descrição técnica (e por isso distanciada), de um objeto ou evento, mas que, por manejar com habilidade os códigos de várias camadas da tradição de uma poesia que se funda no labor, antes o afirma como índice desta precisão e ainda inverte uma talvez esperada frieza nos poemas de modo algum alheios ao *pathos*, estabelecendo o ponto de captura da recepção desejada – o mesmo *pathos* que atravessa os versos desde Homero.

E a matéria deste *pathos*, que é acionado no receptor, é impulsionada pela habilíssima conjugação, sob uma sintaxe elaborada, de um ritmo de precisão milimétrica, de matérias verbais colhidas, de um lado, da ciência, e, de outro, da tradição que vem sendo construída *antes do poema*. Caso exemplar é '*ânus humano (.) ônus santo*', na seção relativa ao *Corpo de Festim*, de 2014, livro vencedor do 57º Prêmio Jabuti, categoria Poesia. A física, a química e a simbólica do aparelho cujas extremidades são a boca e o ânus estão inteiras nos versos que vão se desenhando com precisão diante do leitor, onde palavras consonam, toantes e vivas, expondo séculos de elaboração sobre a relação corpo/mundo, na qual sagrado e profano se imbricam.Aderido assim a seu objeto, nesse corpo-a-corpo febril - e ao mesmo tempo controlado ao extremo - o falar do poeta não elide as asperezas, mas antes as deglute inteiras, reprocessando em seu aparelho-digestor-da-linguagem, antropofagicamente, as influências que vêm de horizontes diversos: o mito, a História (incluindo a da literatura), a tecnologia, a ciência, a arte contemporânea, a indústria cultural, o universo HQ, a música pop, o *rock'n roll*, camadas sobre camadas sobre camadas. Aderido assim a seu objeto, o poeta pondera: são maravilhas que a tecnologia produz, ou Laika, a cadela-só-*pathos* (e, por isso, possível ao poema), é o limiar da humanidade que se desvia ["*sem uivo que ecoasse no espaço, não houve/ a quem seduzir com o olhar pedinte/ da cadela vadia querendo acolhida e abrigo*"]? Ela é cada um de nós "*à mercê da eutanásia calculada*" que é a experiência humana sobre a Terra, catapultada artificialmente ao antes impossível espaço dos pássaros e dos deuses?

Se somos mesmo viajantes pós-utópicos, não cederemos a qualquer fascínio. Em outras palavras, aqui se apresenta uma das possíveis formas da poesia da agoridade, como teorizou Haroldo, justamente porque, como escreveu Agamben, *"a contemporaneidade se escreve no presente assinalando-o antes de tudo como arcaico, e somente quem percebe no mais moderno e recente os índices do arcaico pode dele ser contemporâneo."*

Se a hipótese-Cabral, erguida nos primeiros parágrafos deste texto, referencia parcialmente a poesia de Guarnieri no corpus de nossa tradição, arrisco-me a dar mais um passo neste caminho de conjectura: esta antologia materializa um diálogo antes improvável entre uma geometria cabralina, aqui desonerada de sua obrigatoriedade de economia extrema, ou seja, uma geometria não euclidiana, e o cientificismo de um Augusto dos Anjos pós-*punk*. Mas não para por aí: incorpora ao seu *paideuma* os modernistas, os concretos, os que se afirmam pós-utópicos, como Haroldo, tudo reprocessado sobre um fundo HQ/mítico, num intrincado tecido fônico-imagístico e que, na seção *O.V.N.I.s – objetos verbivocovisuais não identificados*, invade também a concreção dos signos e o imagético, incorporando uma herança concretista.

E se as ambiguidades nos fustigam incessantemente, vemos que nem todas as notícias são más: a História não acabou, nosso niilismo ainda traz na algibeira alguns gramas de utopia, como sementes contrabandeadas pelos postos de alfândega pós-utópica – ah, os fiscais de tudo e suas regras... –, a metáfora não morreu, *logos* e *pathos* seguem desenvolvendo sua dança entre as constelações em que jazem os deuses de antes. Por isso, o pós-tudo refunda e fecunda horizontes que podem se abrir, randomicamente, em mais de um caminho (o espaço aberto e infinito de *Gravidade Zero*). Que trajetos da energia do poema serão ativados de agora em diante? *Arsênico e Querosene* se revela, assim, uma espécie de dispositivo/ circuito impresso/placa-nave-mãe em que vários *slots* podem ser acionados, gerando inúmeros caminhos para a energia mover o sentido dos poemas. O leitor é que vai eleger qual dos *slots* mobilizará em sua busca, e como tentará completar o impossível quadro, mesmo que uma parte tenha sido perdida pelos séculos para todos nós, que vivemos nas margens da grande narrativa. Não há retorno a Ítaca, fragmentado leitor, meu irmão na *Space Oddity* da poesia contemporânea, meu igual, nessa navegação de cabotagem no entorno de uma pátria bombardeada pelos séculos, mas é preciso navegar. *Can you hear me,* Major Tom?

CASA DAS MÁQUINAS, 2011

isto! eis o simples e mínimo mecanismo do signo.
uma egrégora emersa agrega seus grânulos nano-
métricos. suas súbitas operações difusas,
sobretudo algumas dúbias, nunca o estagnam,
ao contrário, mais durável, o trabalho no caos
o perpetua. que aparência teria esse aparelho?
cubo? cilindro? (interno: é o componente zero)
que altura e largura o agrupam? qual medida o
define, se avessa à ciência da própria microscopia?
se invisível silhueta a olho nu, porque
impossível e tímido seu perfil finíssimo; seu
centro e nervos, se cegos, porque segredam, não
como o aparato solitário, velho e nostálgico da
palavra *anacronismo,* acionando nos tímpanos
do ouvinte ruídos de desgaste, ácidos corrosivos,
mas outra, futura, um *gizmo,* única miniatura
cujo minucioso funcionar fosse indispensável
à linguagem, tão misterioso quanto necessário.

o funcionamento central desta escrita
guiada desde engrenagens gerais, do com-
plexo centro decisório (no miolo, o código)
aos simples acessórios do chassi (da capa
dura às páginas d'alguma gramatura);
clara aqui, uma gramática da máquina, caixa
de palavras cuja engenharia concreta fixe al-
guma sintaxe, ou outra, esta reclusa, oculta
sob a tipografia física de poemas rosqueados
ora a esquadrias de ferro sujo, ora a chapas
de aço inoxidável; tome o livro ao alcance do
olhar, (a leitura é o combustível), tome-o pois,
à mão, o tal dispositivo, livro (é no *bunker*
de neurônios o mistério, à senha), que
ninguém sabe, ainda, ao certo, ao torque
da chave na ignição, se ligará ou não.

1/UMA LÂMPADA

é velha a luz da lâmpada elétrica: há um
filete d'elipses espiraladas, lacrado a vácuo
sob tão fina campânula de vidro, cujo relume
luta pela decifração da sombra, das bordas
do amplo salão nublado aos recônditos e do-
bras do cômodo noturno; é uma vela repleta
a lâmpada elétrica, estriando um crepitar
constante de certa estrela irregular, que
é amarela; numa extremidade da cápsula
ovalada (como um figo sob a casca ou
qualquer outro gomo oblongo aceso desde
dentro) há uma rosca d'alumínio acoplada
ao bocal, quase igual ao caule curto duma
fruta, único; ao ligá-la, cintila, vaza a
flama que aparenta a queima através do
cristal unitário da cúpula tão delicada;
entretanto quando é nula (ou cancelada)
a conexão à rede de força, se esconde,
escura sob a máscara frágil, sua chama
dorme, some: quase se f o s s i l i z a.

1 2

duplas drágeas biconvexas, de
prata, muito frias, pastilhas rígidas
inadvertidamente desprendidas
em pleno giro (discos), de um estron-
doso tambor de hidrogênio líquido;

tivessem um dos lados achatado
dir-se-iam disparos automáticos
estilhaços tão exatos, aos quais
soma-se entretanto o fato não ser
nenhuma catapulta este aparato

12

e jamais se suporia arriscado operá-lo
ao contrário, de íntegro protocolo
é o mecanismo notadamente fatigado
pois desde o dia do incidente não se
pôde apontar a causa, quiçá precisar
se fatal o resultado de tal falta,

destas duas pequenas joias da lógica;
se o desencontro crítico no interior
de um labirinto maquínico, ou de-
feito de fabricação, se erro humano,
abrupto, ou uso abusivo: o ponto
final no decurso do desgaste físico.

1 2 3

três engrenagens se desgastam no
trabalho de engatarem suas áreas: umas
às outras; como uma lepra entre elas,
quando o engate engasga, a escassez
de óleo as engasta no encaixe; três
engrenagens se desgastam no contato
entre seus engates: uns contra os outros;

1 **2** 3

três engrenagens se desengatam do
contrato entre seus encaixes: se des-
encontram; como uma trava entre
elas, nos contatos em que engatam seus
encaixes, subtraem-se às várias outras
partes da clara maquinaria; rara cada
uma das peças, a caixa nada original

1 2 **3**

três engrenagens se desgastam até que
parem de engatar suas áreas, umas às
outras: se desencaixam, se desengatam,
se são desastre, é para que inertes encon-
trem não o da máquina clássica mas
este outro trabalho, anti-horário, álibi
para nada: mero hábito celibatário.

1
2
3

quem poderia supor a estranheza de um gás aceso,
que, para exercer seu fascínio, e revelar o mais
concêntrico dos segredos, houve quem conseguisse
confiná-lo a vácuo, em estreitas serpentinas
de vidro fino, só obtidas de um sopro controlado
sobre um fogaréu típico de maçarico, todas formas
moles, antes que lhes derretesse o sólido molde, e
para flagrar-lhe o lume gasoso sob o fulgor do
argônio tido como inofensivo, bastasse atravessá-lo
ainda, com ímpeto e magnetismo, a mínima fagulha
física ou única chispa, lá, uma faísca fixada
à indissoluta nuvem da sua coluna vertebral?

1
2
3

de súbito há luz habitando um tubo (ou no casulo)
onde é insone o neônio! eis o rito contraditório
de tão espessa cintilação, só contida às expensas
da mais fina vitrina, dos parênteses da tripa vítrea,
colorida, cujo conteúdo é clarão contínuo e vivo,
câmara de tortura abrigando o animal luminescente,
escorregadia enguia elétrica nadando na obscuridade
de um aquário profundo, entretanto curto, enquanto
há como causar-lhe sem escrúpulos (para renová-lo:
fogo-fátuo) a quase asfixia com vapor de mercúrio

1
2
3

caso lhe emprestem alguma figura, curvas de letras
ou grafias inteiriças são acrescentadas à brancura
dessa queimadura iluminada pela própria cicatriz;
muito embora fria, sua luz pisca, vacila pela via,
ofusca vistas (letreiros zunindo o burburinho de
um séquito de insetos), a ferida cujo jorro de
radiação halógena quase machuca o olho, o chafariz
de fótons como se oriundo do couro cabeludo d'alguma
medusa abraçada a uma bobina de *tesla* (bruxa ou
fada) numa estranha fábula sobre a eletrocussão.

algo *neogutenberg*, relíquia de uma era: *non-eletric black deck, olympia* repleta de teclas, de um écran madrepérola o escritor a opera, o teclado um leque de letras da rara nave datilográfica; percutidos os tipos sobre a tinta da fita, sangram cronometrando no âmbito branco e virginal de uma página ainda crua o estupor das mais ecléticas palavras criadas em tempo real sobre o perímetro de papel desta escritura recentemente começada; mecânica sua magia de escrever com letras crespas, sem cosméticos, decepar arestas e réstias, recriar equilibradas as linhas retas das frases, sem que defasem, sem permitir restos para fora do texto impresso; quando a dupla bobina da fita emparelhando o alfabeto atravessado contra a área paginada de impressões possíveis é cítara d'escrita essa máquina refinada, o próprio animal em extinção de sua antiga datilografia, finíssima; quando uma mola realoca o carro para caixa alta, outra tecla o realoca baixo, fácil, agora bicho domesticado de fita bicolor, o rabo é a alavanca que o trava e há que acariciá-lo pelo lado para fazer correr o arco da direita para esquerda, e daí para o centro, no alvo.

ROUPARIA

à minha mãe

não é agulha autônoma que costura, o pesponto
pronto, que guia a quilha regulando o recorte,
os nós sob controle, as curvas seguindo o molde;
não é uma agulha anônima que cria roupa ou fia
colcha, garajau, constrói rápido o vestuário ao
toque do overloque, farda forte de soldado, ou
pobre uniforme de empregado, frágil, de tecido
mole; é rápida a agulha e não vacila nunca
porque há ali (abaixo na hierarquia da franquia)
sua máquina, que não a ignora, que range deci-
béis em excesso; agulha que é aço e não erra
porque há lá (acima na hierarquia da vida) a
mão hábil e calada que costura, o dia a dia,
puxa pano, o pé no pedal, no ritmo controlado
o trilho que se equilibra na dura rotina da
rouparia; vence, não cede; treme e não perde
a peça; avança apesar do cansaço, tece; sente
o péssimo exemplo sempre, lamenta o escasso
salário necessário, o abuso dos trabalhos; a
força das costureiras, abelhas trabalhadeiras, é
força de pelotão lento, exército sem sargentos:
são senhoras, estes tristes aríetes em riste.

ao meu pai

esta é a casa das facas, a usina dos mais tímidos
cilindros, a maternidade das armas pesadas, o
derradeiro esconderijo outrora tido como indestrutível;
só aço derretido corre nestas longas veias angulosas,
à prova de corrosivos, só aço circula nas suas
artérias gris, só ácido sua bruta barriga abriga,
único bujão interno, e ronca o seu estômago terreno
cujas válvulas, avulsas, regulam matéria-prima,
entropia e lucro; planeja lâminas tão aplainadas, agulhas
tão corretas e absurdamente pontiagudas, saem
trilhos de locomotiva de dentro da vesícula, rústicas
estruturas (nuas e cruas), que suam às mais altas
temperaturas, submetendo à linha de montagem
dos intestinos, o nascedouro dos mais novos aparelhos
inúteis (testados, aprovados, as pilhas não inclusas);

nunca cerra suas cerdas, nunca cessam as mandíbulas abertas, reciclando quilômetros de detritos, enquanto serras deglutem léguas de rebutalhos metálicos; a fábrica grita, retine uma sinfonia de sinos tubulares e enquanto trabalha sob a valsa dos gemidos dessa orgia metalúrgica, a fábrica engasga, dá gargalhadas, orgulha-se da produção, aguarda o lucro com a mesma "alegria" recolhida por sobre a qual exerce sua avareza pretensamente serena; sua garganta tem fome dos sumos ambientais que consome, sua ganância exige milhões, e não aguentaria aguardar mais, para agarrar as infinitas libras de tantas cifras; entretanto, refém do próprio envelhecimento compulsório, cada vez mais lenta agora (lesma), sem óleo, sem glória, sem graxa;

inflamam suas glândulas secretas (exalam cheiro
que lembra borracha queimada) a contaminar
o mundo com pútridas pústulas de urina e
súlfur; moribunda, sua última dança é estúpida;
assim que se revela , súbita a lepra , uma
história pregressa da mais absurda barbárie, de
atos viciados dos quais escondeu por séculos de
indústria, cuidadosamente, os rastros (cadáveres
no armário), seus raptos, impunes assassinatos,
seus vícios imunes ao escrutínio da justiça,
até agora: eis a farsa televisionada, a fábrica,
sexagenária, no banco dos réus, declara-se culpada,
e somos todos juízes iguais, de maquiagem grave,
pesada a teatralidade, brilhando à luz da ribalta, gárgu-
las satisfeitos (e enganados) no palco do espetáculo.

ROTINAS
(SALA DE ESTAR)

escorrem as horas, oleaginosas, escoam todos
os corpos horários pela porta da frente, todas
as sutilezas asfixiosas do protocolo casual,
ritmos de domingo a domingo; ora se lacra,
trancada, ora se abre ao giro da chave (dobra-
diça, a lingueta/ ao ativar da maçaneta);
seu legado é através e entre, rente, como
quando entra alguém a atravessa além de seu
reverso, sempre; na fronteira dos cômodos,
instalada não se sabe ao certo, essa já interna,
se no fim de um, ou no início do outro recinto;
área arregalada (óculo intermediário), o retângulo
que a porta recorta, aorta no batimento cardíaco
do apartamento: quase rota, incrustada à tessi-
tura entre tijolos; válvula para regular um fluxo
no espaço — o aberto e o fechado/ o dentro, o fora
— normatizar o quarto; a sala: para militarizá-la;
além do convite à entrada, a porta ainda reivindica
a saída desde o nervo duvidoso da abertura (entre
o mel do *"bem-vindo!"* e o sal do *"vá embora!"*).

ROTINAS

(RENDIÇÃO 2.0)

nossos hábitos formuláicos,
acordar, dormir — o horário
de ir para o trabalho — de
abrir o armário e juntar os
retalhos, vestir-se, de contar
os centavos — a vida vista
de frente, preâmbulo sempre,
sem ângulos, sem ânimo,
apenas o sarcasmo diário,
sem alarde/ sem contraste
— café com açúcar/ as ruas
assustam — a retina rendida
à rotina, só o cinismo insis-
tindo ainda o dia a dia —
o sono no ônibus lotado/
a cada solavanco um soco
na boca do estômago —
só em certa parcela da vida
há vida — terrível dízimo
— uma ilha vitimada, ridícu-
lo idílio : essa ciranda servil.

ROTINAS

(CATIVO)

como servo, serve; como vive,
sorve; sem absolvição, o mero
vassalo, insone à sombra do
senhor, que há de alimentá-lo
como um cão (à míngua), como
qualquer detalhe desagradável;
ei-lo anônimo esse móbile de
nervos, de ossos, que o é por si,
serviçal, ou o que talvez pudesse
ser, se não fosse só, a sós, esse
ossário frágil, mais outro escravo
(sem tutano, sem sumo, sem cal-
do, só o triste bagaço ressecado)
um astro escasso, mas tão ma-
gro e gasto quanto inadaptado
ao trabalho — diário e árduo,
à rotina mortal do horário.

ROTINAS
(MOTIM 2.0)

"às ordens, hei-me!", "às ordens, hei-me!",
ó rei errado! que cansei de estar calado
aos despautérios do patrão! contra
as egrégoras brutais do emprego negro,
gangrênico, e deste transporte lento :
ERGO-ME! contra as regras cegas
desse presente de grego, ERGO-ME!
contra o determinado tédio inédito,
sem término, sem trégua, numa guerra
contra o dono dessa redoma total
cujo domínio sombrio mina em mim
o dom de homem, **ERGO-ME!** entretanto
um nome sempre me reencontra : o meu,
tornado mero número no ministério,
na carteira de trabalho, na zona eleitoral,
que a estatística fixa nas fileiras da mídia,
um álibi, "EIS-ME!", um pobre anônimo,
rasgado e desgraçado, mas apto ao combate,
e pela chance de gritar nas ruas, sou grato,
a despeito de um governo renegado,
nesta câmara de gás lacrimogênio,
lacrada, a que chamamos, hoje,

Brasil/ ou
Rio de Janeiro.

GUERRA CIVIL
(REVÓLVER)

agora o corpo onde se planejou inaugurar
um crime novo é o alvo que a mira averigua
e que não livra do agoiro logrado outrora
às juras injurídicas da tal perfídia fixada;
para que a fúria fira (física): o furo;
para que a ira flua e fure: o ferro;
para que o ferro devore, irrevogável:
um único disparo; para o projétil varado,
operá-lo: a pólvora exata encapsulada à
bala; para a pólvora uma válvula que
a deflagre: a terrível alternativa do
gatilho; espúrio o disparo que a arma
pariu, sob o ato venéreo do adultério,
o morto é aparo onde parou a espora,
deparada com o largo estrago causado,
ao furor diáfano que o tempero da pólvora
queimada aflora no faro; o marido traído,
a mulher infiel, filho, filha, o futuro
inteiro da família feito prisioneiro numa
ilha de íntimo desespero: o cadáver sequer
esfria, ainda caído no ardil da armadilha.

no corpo, no rosto, sempre:
uma caveira os frequenta,
interna, atrás da pele, sob a
epiderme; o que a superfície
serena aparenta mascara o
cancro e, por hóspedes, os
vermes; os tecidos exercendo
seu arcano, são meandros ca-
muflando o âmago; enquanto
o tórax resguarda o motor do
miocárdio; o encéfalo: no
crânio; no osso: tutano; no
esqueleto temporário, uma
centopeia de vértebras o
sustenta, as vísceras lacradas
ao ventre, mero aparato
maquiado sob camadas de
células, em série, a lânguida
flâmula no acúmulo dos
músculos, eis toda a verdade:
o que mostra esse monstro,
ogro, invólucro, é um evento
pregresso, esperado sem
mistério, ter corpo é habitar
o futuro cadáver de si
próprio, ignóbil, sólida ne-
crose avançando sobre o óbvio,
aviso prévio, carne e
ossada (nem sempre velhos)
desse espécime de cemitério.

uma máquina nunca infecciona; uma máquina
de fábrica trabalha alheia à consciência da
extinção embora seja temporário seu exercício
restrito e obedeça sempre aos termos de uma
dupla obsolescência: edema, a retirada de
comércio; sequer a máquina humana é plena;
reclama ante a falência, inflama crônicos
arcos precários, do hematoma bobo, do tombo,
ao laborioso cancro sacrossanto; finda a me-
dicina, não há remendos, quiçá remédios,
ante a ineficiência da caixa de ferramentas;
talvez adoeça e cesse o módulo biológico, que
a rota do corpo é sem volta, único sintoma
rumo ao subterrâneo, ômega da mortalidade
sem retorno; é trágico o defeito de fabricação,
do morto; a ossada enterrada, peça por peça, o
conjunto dos parafusos, cada alavanca interna,
as partes submersas, até consumi-la inteira um
solo absoluto; um ruído erosivo, de perpétuos
martelos, o tambor agredindo os ouvidos (luto
com marcha fúnebre); sobre um terreno eterno,
cemitério de tantos chassis desassistidos, esse
ferro-velho: área ancestral, de desmantelo.

"RIMAS" DA PETROQUÍMICA*

* Os poemas "mineração", "bitolas", "5 cilindros", "4 motores" e "catálise pesada" foram publicados em CASA DAS MÁQUINAS; O poema "corpo de prova", em CORPO DE FESTIM; O poema "centelha", na Antologia RelevO 5 anos (2015); O poema "coluna de perfuração" é inédito.

repetidamente tiradas do hermético cofre-forte das épocas todas
as vísceras telúricas, minuciosamente subtraídas da última furna
de *Urântia*; lentas e velhas escavadeiras cravaram nas trincas da
crosta suas intrínsecas bocas de broca e garras de escaravelhos
vermelhos, arregaçaram na raça um vasto desgaste às grandes
cavidades; enquanto convulsionam séculos desta devastação,
depredam ainda mais tais máquinas fantásticas, ainda cavam/
escalavram, pelas fendas e frestas da pedra fraturada, crateras
expurgam escamas de lama à largura de escalas colossais, o
ferro se desprende das gretas, de brechas deveras abertas, cujas
placas de goma-laca, outrora tão colocadas, agora se deslocam
se descolam num estupro às membranas do subterrâneo;
sangram os abismos cristalinos de todo trâmite mineral enquanto
se aprofunda o dano aos órgãos internos de *Gaia* (o solo
desassoreado) cresce a ferida à espinha dorsal inteira do animal
planetário, sua medula de sôfrego enxofre — a lava vulcânica
por tutano — o frêmito febril dos venenos, sua conversa cessa
(é seca), nulo o sussurro de seus discursos (úmidos) de túneis
e fissuras; há hérnia no cerne dos metais; decretada a guerra às
profundezas da Terra (o ninho de *Ouroboros* se desenterra, *Hades*
celebra onde a metástase se alastra), rendida ao poderio hirsuto de
frias perfuratrizes, assíduas, ao exército de martelos hercúleos, em
decúbito, aos parasitas da lâmina petrolífera.

largura reguladora passível de ajuste,
algo de acoplagem na tão buscada
compatibilidade dos calibres, que,
por ocasião de um encontro entre os
tubos de um oleoduto, à eficácia da
blindagem análoga à do crustáceo,
protege a pérola que se pretende
ilesa e inacessível quando a geleia
negra passa abraçada por suas chapas
de carapaça (petróleo no miolo, pas-
toso), nas argolas cuja bitola, por
pressão, progressivamente engorda,
requerendo o cálculo renovado para a
última das medidas, distendida, para
decidir o tamanho adequado a cada
segmento atracado a toda compostura
aparente de uma única linha de
escoamento, entretanto, qualquer
encontro entre diâmetros estranhos
entre si reclama as bitolas equânimes,
sem as quais, nunca se ajustariam
(daí o milagre da hidráulica) as mais
variadas alturas, de inúmeras emboca-
duras, ora tão absolutas na coligação.

a zona de extração sob o pré-sal
ressalta o lucro bruto bem abaixo
da água profusa [nas tantas camadas
sob a maré alta] < quando a nata
atra que capta é drasticamente
extorquida [do seio umbilicalmente
unido ao orifício da artéria
petrolífera | um abdome metálico]
pelo único tentáculo < recolherá
lento o deflúvio [sangra o planeta
moribundo | erram as réguas da
Terra] todo óleo fosco e som-
broso [do poço] até consumi-lo
[futuros plástico e combustível]
sob o pretexto de tratá-lo como
hematófagos estas arcaicas plata-
formas exploratórias < nada além
de apartados carrapatos [ora fi-
xados a acampamentos, colhendo
o dito alimento, ora semoventes]
onde audita a indústria unicamente
por desígnio de financistas adictos
à barris de petroquímicos [que tor
nados commodities e ouro] enchem seus
buchos de sanguessuga [bôjos de ódio
e nôjo | estômagos de malôgro] ao
protegerem [como lôbos], seu roubo.

toda sua farinha química luta contra a obviedade,
algo nele se transforma, varia a certa dosagem,
prisma numa medida expressa em milímetros
ou cilindro resolutamente preenchido pela
própria matéria-prima, o que se quer extrair
da mistura é o que dela impere contra qualquer
intempérie, a comprovação de certas características
específicas, seu uso provável e o quanto do material
resistirá e, se ajustado, como programá-lo a esta
ou aquela finalidade? porque há nele algo posto
longe do mundo, apartado de tudo, testando-o desde
o núcleo e sobre cujo interesse futuro será preferível
adaptá-lo, se aqui ou lá (terra firme ou alto mar,
determiná-lo ao lugar) onde o império da indústria
necessite depositá-lo, quiçá sob águas agressivas,
mergulhá-lo em sulfatos, em sais de magnésio
e amoníaco, ou contra o vasto aluminato (nunca
volatilizado) que, apesar de leve e maleável, é duro
e reativo ao perigo; composto, que o enxofre sofra
fora do óleo, no cálcio só reste o arbítrio do silicato

bicálcico; há sílica aditivada ao cimento contra
a retrogressão, porque algo nele se transtorna
a certa dosagem (a rocha inda incha) [corpo de prova]
mediado pelas condições da mais forte obviedade, ou
contra as da máxima adversidade, assim este sólido,
cilíndrico ou prismático, copo/ bloco, deve referendar
a resistência, a duração dos materiais recolhidos
à anatomia, rumorosa ou silente, da sua própria provação.

5/ CINCO CILINDROS

1 2 3 4 5

cinco mínimos cilindros,
inchados sob o perigo dum
líquido, desconhecido: água
trancada, óleo, um visgo,
o inóspito cloro, fluido, ou
qualquer produto químico;

1 2 3 4 5

cinco cilindros inflados, os
buchos revestidos de chum-
bo, cheios de ar, de vácuo,
dióxido de carbono, hidro-
gênio como recheio, ou
qualquer outro gás tóxico

1 2 3 4 5

cinco cilindros rombudos,
invólucros, tubos lúbricos
destilando algo solúvel,
veneno cáustico, até letal:
metanol, nitro, estricnina
ou qualquer suco sulfúrico;

1 2 3 4 5

cinco cilindros incríveis, tão
capazes de reter a extrema
pressão interna, apesar da
força brutal impressa a
cada uma das cascas, ao aço
reforçado das couraças;

1 2 3 4 5

cinco cilindros resistindo, corro-
endo contra os conteúdos de
seus dentros, aguentam ao ponto
crítico, até que rompam, em
pânico, úlceras do incêndio, sa-
botagem no parque industrial.

toda inflamabilidade radicaliza a lida mas
nunca a inviabiliza; cada produto volátil,
(gasolina, brometo de metila), gás ou líquido,
por selvagem, iracundo e quase incontrolável,
inspira este receio desde o pequeníssimo cuidado,
seja no traslado, ou no ato em si de fabricá-lo;
há nestas substâncias (por exemplo, hidrogênio,
ou acetileno), à sua primeira vigilância, algum
terrível segredo cujo mistério se pressente (segue
intrínseco o perigo do incêndio), que em seu
trabalho inteiro, são imprescindíveis diretrizes
e regras, o regulamento interno (e normas, sobre-
tudo menos óbvias) da evacuação do prédio; mesmo
quando estável, a probabilidade ainda altíssima,
sempre iminente, do insalutífero acidente e, se, rompem
lacres no tambor (erro, enxofre, fogo e horror) é quando
ressurge a Fênix, ave extrema em fumaça negra, cuja
violentíssima presença (queimam o esqueleto, asas,
garras, a cabeça), é nada além da excessiva flama esca-
pando do propano, labaredas, pelo óxido de propileno.

1 2 3 4

o tranco de quatro motores de
arranque entrando em trabalho de
marcha; o tanque da gasolina,
combustão sob as turbinas, os
tambores de rotação do eixo, e
mexendo a corrente rente ao eixo
seguinte ainda a outro avança, em
exigência sucessiva; os quatro
igualados em ciclo, ligados, sem
exceção à resistência das amarras;

1 2 3 4

uma só percinta os une ao único
sistema de potências, anelados sob
delgada argola que os contém e
amarrados os quatro, cada qual pelo
lado, à alta correria das correias; o
ronco gratuito dos reatores graúdos
declara a regulagem da descarga;
os quatro agrupados, e juntos,
disfarçando um a fraqueza do outro,
caso ocorra, rara, falha inexplicável

1 2 3 4

todos quatro instalados, sem que
haja um erro interno sequer que os
emperre ou quebre, tanto dentro
de um guindaste, quanto de um iate,
obedecem, fiéis, na força exata à
manutenção do empuxo reclamado;
do uso bruto ao luxo aristocrático,
em nada se politizaram, estes motores
são apenas os escravos, são meios
para um fim nas mãos do proprietário.

1 2 3 4

outrora autônomos, os quatro agora
aglomeram-se em bloco um grau mais
complexo que quando operavam solo;
um truque atrelando os nomes,
gêmeos quádruplos, nenhum aloca
o controle mas todos integram um
encontro igualitário entre motores;
no enigma homocinético, se equiparam,
mas a cada hora dobra o calor
que os radiadores apenas adiam.

em qualquer química limpa, de equilíbrio tranquilo,
uma revolução espreita, em potência, um inimigo sujo
lateja entre os componentes reconhecidos da fórmula
pacífica, o reagente intruso dança, ainda oculto, no
ambiente aparentemente belo do laboratório estéril;

interna, a guerra de uma reação em cadeia começa
singela e lenta, bem serena, até que o catalisador
grite alto entre as moléculas o nome do descontrole,
infiltrando a fricção, inicialmente tímida, pelas
frinchas e fraturas do composto ainda líquido;

minúsculas frações lutam entre si, aquecidas, se desa-
justam resistindo, peças de um irrecuperável *puzzle*
em brasa, até que tudo cristalize desde as fímbrias,
no início, entre limites; projeta violentas cristas
contra as quais não há saída, esfria, solidifica,
o único bloco de fúria, a matéria fustigada pelos
centígrados pregressos; contra qualquer antídoto

ou plano de contingência, transposto esse novo ataque
sobre o desígnio antigo; extravasados da fase, tendo
todo o ciclo concluído (os átomos sem pressa
reatados), ingredientes se acalmam na prensa de
uma das câmaras de catálise dessa indústria pesada;

terá sido a receita tão secreta, cifrada por séculos na
maçonaria, reduzida à metodologia ignígena da petro-
química? roubada d'algum longínquo tomo da alquimia,
mal interpretada em nossos dias, fazendo, ao invés, do
valioso ouro perpétuo, o mero chumbo espúrio e rubro?

CORPO DE FESTIM, 2014

a carne, que cada corte desonra,
cintila nesse mal que tarda a sarar
a pressão de toda ofensiva tardia,
qualquer soco, avaria / aí cada agulha
se calcula ou se anula / balbúrdia,
barulho, algazarra que cada palavra
declara, tingindo toda ou alguma
área da página mais alva / à nudez
do papel, a rápida mancha a vio
lentá-la / da pálida celulose, violada,
o que sangra é tinta tipográfica.

no livro corporal (sob o martírio
de ser escrito) o sal que cada talho
encontra, arde, demora a curar
a chaga criada por cada frase exata /
todo golpe, pancada, cada agressão
que se aplique, fulgor, alarido de sílabas,
busca sobrepujar no parágrafo o que tinja
ou apenas preencha a claridade da página,
que seu terreno, até então anêmico,
esteja repleto / são números e letras
de chumbo o suor de sua pele impressa.

de pele é revestido o corpo, tecido
vivo \ no livro, chama-se capa
(o couro sob o título) \ abri-lo:
gráfico grito \ mas como ouvi-lo
se é branco o ruído da celulose,
– tão silenciosa? todo livro fechado
se cala \\ cada nova leitura o desafia.

de órgãos o corpo é preenchido,
de vírus, microrganismos, avisos /
no livro, diz-se texto / há páginas
em que apenas a aparência é pueril /
decifrá-las, nem sempre é fácil, há vários
níveis de sentido ou, ainda, na entrelinha,
o seu estilo // neste exercício: o mais difícil.

[...] [.]

[~] [:]

(.) (~)

(:) (;)

(/) (|)

(\ ) (-)

(\.) (|.)

(,) ((,

| (OS ÓRGÃOS INTERNOS) |

\ (persegue as vértebras a massa
dos sangues coligidos / (dentre os quais
há indício, de que alguns (mais ou menos
líquidos) \ cada qual a seu tempo, distintos,
consolidem sacos do caldo biológico,
coagulados \ (carnes que existem da diferença
entre si de seus tecidos / (se especializaram
as células, em aparelhos e sistemas) /
delas monta-se um *puzzle* cujas lacunas
se completam) \ o corpo expande,
tanto quanto se destrói (por escasso o cálcio)
no rígido osso que esfacela / (conforme
a vida lhe habita, o conjunto luta
sob o mesmo pulso \ (o mesmo insumo bruto
lhe insufla a labuta / (plantada já
na samambaia dos nervos \ (enclausura-lhe
a elástica amarra dos músculos / (a obstrução
sob medida de uma única fornalha viva
) \ trocam fluidos entre si tantas
partes aparentemente separadas \ (interno
o mar hemorrágico, apenas visitável numa
viagem fantástica / (mas quando lhe autopsiam
a frio \ (*sangria & bisturis* / (se mostra,
um monstro sob as próprias ataduras \ (
o *frankenstein* exposto, que, apenas por medo
do escuro, só morto poderiam demonstrá-lo) \

/ a lágrima

a glândula a carrega   cega
(como na ostra   a pérola)
(como no arco   a seta)
o sal na medida certa
(no escuro   algo coagula)
pedra
até que a concha da pálpebra
abra
é quando a gota vem à tona)
(fria e quente
(simultaneamente

/ do sêmen ao leite materno

afunda /
fende /
fode /
funde

espermatozoides lançados ao alvo
do pênis ao óvulo
do falo à trompa de falópio
e ungidos de lúbrico eflúvio
ovário e testículo
unidos
mãe e pai o urdiram
no útero
macho e fêmea o fizeram

o filho /
o feto /
alfabeto
que apenas de leite se alimente
(e nada da proveta se aproveite)
o ventre / o centro / o seio materno

/ a urina

é d› ouro
a u r i n a,
m e l í f l u a,
oriunda da bexiga,
que antes
de aliviá-la,
i n c h a

homem-bomba vestindo roupa de escafandrista, seu
neoprene pressurizado capta estímulos, e por entre
pelos mínimos, válvulas regulatórias fazem-na suar
ou ressecar, contra as condições do habitat (algo
se interpõe aos poros, ou impermeabiliza as fibras);
seus sensores de calor, vigiados de uma sala
de controle, enquanto é mantida viva, (hidratado
adequadamente cada intrincado recanto) como
a máxima peça, de uma alfaiataria das mais complexas :
seria tão errado reduzi-la ao tato, costurando
ao tecido apenas um dos cinco sentidos?

compósito ósseo por sobre cujos orifícios inteiramente
desobstruídos encaixam-se os módulos dos olhos
narinas, da boca, e ouvidos; a tampa de louça calcinada
pelo couro, (marfim fissurado sob cabelo) um trono
ocupa o topo desta cúpula / uma armadura de juntas,
parcialmente recoberta por ranhuras em cruz, pelas quais,
de sua furna interna (o antro intracraniano), escapam-lhe
tantos juízos - como se fugissem pássaros deste recep
táculo craquelado; lacrado sob a caixa manchada do
crânio humano, jaz, moldado aos miolos, à forma de uma
noz que alucina e racionaliza, o gerador unigênito - razão
pela qual congelam o cérebro de um gênio -, de cada
inédita *eureka*, e de todas as ideias velhas, de séculos,
de décadas, guardadas em antiquíssimas bibliotecas; sob
o palato, escondida, esteve a língua, quase retilínea (um
único músculo, infatigável, modulou todos os dialetos),
a dentição se encaixava, cobrindo-a, esta fila de lanças
fincadas, abaixo das maxilas, e na base da mandíbula.

( ) OS DOIS OLHOS ( )

( ) o olho direito

são bilhas feéricas estas bolas, ou bolhas esféricas
à visão periférica, inseridas na cabeça, entre as maçãs
e as sobrancelhas, simétricas ao meridiano do nariz /
são orbes sobre os nervos ópticos, para enxergar
ao redor, se deverá alternar o ângulo do pescoço;
são globos que abrem nas pálpebras, na íris,
colorida, se obtura um disco contra a invasão
de raios nocivos, muita luz ofusca, e queima,
sobretudo no cômodo escuro onde jaz o segredo;

o olho esquerdo ( )

nem tudo é preciso ser visto ou reconhecido / fechar
os olhos é sempre possível / enquadrar o mundo /
olhar para os lados, ou para o "passado", são escolhas
imprevistas, ainda que se desista controlar a paisagem
consumada, não há dia em que se acorde e os olhos não se
abram, ou que não se reconheça nada, a não ser na morte,
ou na cegueira, para as quais estas duas pelotas anatômicas
serão apenas gelatina fria, outrora oculta nos óculos
escuros, ou carcomida por formigas, às órbitas vazias.

acompanha o corpo este túnel obscuro,
dúbio/ lúbrico, sujo/ úmido, ao
longo da coluna - quando ereto, sua
verticalidade se sujeita à força da
gravidade e quando não, há tão somente
- silenciosa - a peristalse; na boca é
seu início, e por aí se precipitam alimento
(líquido/ sólido) e sexo (um pórtico,
em colunata, comporta os dentes, todos
pelo lado de dentro), tem no ânus
o mais íntimo destino (e é sabido
que também mastiga o intestino); do uso
chulo se evocam as mais transgressoras
e gráficas imagens da bíblia sagrada re
traduzida, d'algum idioma babilônico, ou na
língua solta de *sodoma & gomorra*: o sopro
divino fosse tão somente gás metano proveniente
de um orifício no cio, o meteorismo pelo
anel do delírio, ânus *sanctus* tal cloaca
larga sob ancas fartas, o buraco sacro
abaixo do qual descansaria o peso do saco
escrotal do diabo, comendo-lhe o rabo,
e contra o qual mergulhasse ainda o incisivo
tridente luciferino ou qualquer outro objeto

longo e pontiagudo/ e o laborioso barro pri
mordial (o chão onde pisaram *eva, adão,* o éden,
a *terra*) fossem tão somente a poeira das estrelas,
compacta à fôrma dos planetas, e de todas as
outras esferas outrora nascidas da mesma labareda
- se misturam *yin* e *yang* no *big bang* - como um
eterno jacto de merda, tendo jorrado o mundo
fosse, enfim, o *fiat lux* no fim do túnel, lá,
onde nenhum sol (na bunda, afinal) devesse
(ao menos tradicionalmente) iluminar, mas duma
luz estranha e curva que só *einstein* pudesse flagrar
em cálculos, no decúbito ventral de infinitesimais
centímetros cúbicos, não interna, mas avessa,
de fora pra dentro, ou inversa, a fórceps & ósculos
lambuzando a vaselina/ fezes & almíscar fossem a
tinta do livro mais antigo; o maior poro essa lacuna
obrigatória (zona erógena), pelos puritanos
se suporia inóspita, muito embora em ambos os sexos
a fisiologia admita a massagem no períneo, mas só
nos homens, se extraia da próstata, pelo nervo
pudendo, e com algum ímpeto, um outro estímulo
que começado pelo esfíncter, reclame da lama
anal esse binômio ambíguo, um doloroso
alívio, entre a punição e o prêmio.

1

da silhueta ao recheio
por fora / por dentro
crescem muitos adendos
nervos / cabelos / dedos
e até estar concluído
o crescimento, também
se esticam os membros
a certa extensão usual

2

mas as condições do ambiente
também interferem no substrato
cada molécula o clima o ímpeto
do inimigo podem dificultar
o acesso ao suprimento necessário
à perpetuação do acordo entre
meio ambiente e o corpo entre
os homens / mulheres / crianças
e algum complexo ecossistema
a limitada autonomia condiciona

a rede infinita de relações
de dependência há doenças em que
o câncer exaure a anatomia míngua
à poliomielite noutras o corpo avulta
fora de controle acromegalia síndrome
de *protheus* elefantíase tumor na hipófise

3

muito embora haja dos mais variados gêneros
os aleijamentos congênitos entre outras
condições que exijam limitantes (ou "desafios
de superação" alguns diriam) uma ou
múltiplas amputações desde a nutrição células
se multiplicam e dependendo do que digira
o corpo aumenta do estômago aos ombros
à velocidade estimada pela ciência biomédica
da qual dependem os números da altura do peso
e do perímetro cefálico do aumento da massa
corpórea à curva da metabolização do alimento

ainda que ande muito / não percorrerá o mundo
se atravessa a ponte / abdica de um dos lados
se cala / não declara a vontade
mesmo que fale / não esgota o assunto
que infrinja a lei / será posto entre muros
se espalma o punho / não há muito
explana os braços / não voará no vazio

vive, mas entre limites / se livre, não é para sempre
quando alcança a outra margem | retroage \
se realiza o máximo fica | e se reafirma
se não fixa (desloca / reage) abandona a cidade
ficar / fugir   falar / calar   (ação ou ócio)
sobre poucas coisas se têm escolha
morrer / viver   (sempre ou nunca)   ontem / hoje
algumas outras | só dobram os homens

3.

(para aplacar a vontade (inútil ?) de habitar um corpo /
(desde o útero) todo esforço é doloroso / experimentá-lo
aos poucos (lançá-lo ao mar e ao mundo / primeiro
na praia / no raso) como qualquer operário aprenderia
um novo trabalho / em treinos práticos (quanto mais
[tarde
(à maré alta) mais para o fundo) alcançar gradualmente
o diâmetro de todos os gânglios (reordenar do hormônio
o átomo de carbono ou destilar a linfa) requer uns
apetrechos necessários / um espelho / agulhas / frutas
(algumas pelo cheiro / o apelo do perfume / outras
(desde a língua) pelo estímulo à papila gustativa)
entretanto há inúmeras outras ferramentas (todas
guardadas num labirinto de gavetas) é estranho esse
gabinete mecânico dos cinco sentidos (uma oficina onde
se suporia o laborar pacífico / mesmo entre ruídos
(desbravando em si mesmo o sensorialismo)
um taxidermista / ou talentoso artista
da sua própria fenomenologia íntima)

2.

(primeiro livrar dos órgãos internos a caixa externa /
que essa só pesa) drenar-lhe um tanto de sangue
(como na árvore / em camadas ásperas / descarnar-lhe
das tantas membranas) pelas lentes dos olhos gelatinosos
(encarar finalmente o núcleo oculto / e acendê-lo /
esse coração na sombra) de todas as lições / primeiro
as da epiderme / depois as mais internas (terceiro
as da ossatura / dos membros à medula (obtidos
os cálculos frios / do cálcio / na densitometria)
por último as do cérebro (esbranquiçado /
sua esponja suja) mas antes arrancar-lhe (porque tidas
como reprimidas) todas as supostas lembranças
(traumas da infância)

1.

(agora / diante do espelho / inicia-se o ritual / a análise)
seguir (entre outros pormenores) a trilha lenta das rugas
sulcadas sob o nervo do sereno (que onde a faca do frio
feriu / o calor curou exsudando o sal dos poros) mas
deixou espalhado o vestígio / às vistas / e sem disfarce /
num corpo de espantalho (o cabelo desgrenhado que o
tempo recolheu / colheita / aberta a clareira no topo
da cabeça (coroa ou redemoinho) diz-se dessa calvície
da qual é impossível desistir) porque o vazio esculpiu
o caminho (ou um abismo) pensamento adentro (ao
despir-se diante de si mesmo ao espelho / descobrir ali /
na própria ruína desvestida (um arremedo) / no entanto
o monumento ao período vivido / esconde ainda (sob o
escombro dos ombros) a batalha travada e perdida no talo
da coluna (as décadas da hérnia / tendo invertido as vér
tebras) o eixo dorsal destituído dos pontos cardeais / ou
do centro de gravidade) onde fracassa o espetáculo da
locomoção humana / ainda que ressoem os sonhos desde
a idade placentária (agora à base de insônia / uísque /
remédio / do sexo mediocremente recíproco da parceira /
quando não mediante o pagamento) nem toda
falência há de vencer uma carência maior
(às vezes sobra a sanha mais que o sonho)

0.

(assim vem se abrindo (precário) o sustentáculo
de um velho (gasto / uma antiga cópia em sépia)
cujo elástico já lasso escapa da sua própria ação /
em gradual e irreversível descompasso (os músculos
acumulando só o cansaço / e infla como um balão /
crescendo desde dentro) até tomar de assalto
e por completo um corpo outrora jovem (anteviu o fóssil
do próprio obituário na rocha) do trajeto obrigatório que
submete o tempo ao envelhecimento (isento / sem que
importe cada vítima ter vivido sob excesso ou privação
(nunca escolhe a quem oferecer seu grilhão) o esforço
da forca apenas reforça a corda contra o pescoço de todos
(sejam bem-vindos / senhoras / senhores / precoces /
tardios / que agora está próximo o alívio /
sejam bem-vindos sempre / ladrões / pilantras /
cidadãos de bem / amigos /   esta é a hora
da vossa própria estrangulação)

outra coisa | dismorfofobia

aquilo ali era outra coisa / uma coisa qualquer /
uma coisa pouco clara, quase inadaptada
aos arredores de onde deveria instalar-se,
intacta mas ameaçada / uma coisa desabitada de si
enquanto afirmada, mas coisa quase vazia /
uma coisa firmada no nada, no vácuo, fora
de qualquer foco, no vestígio de um vulto e no
entanto lá, entre moléculas, entre partículas
elétricas, entre ondas de rádio, entre vórtices de
ar circundando a presença, de alguma força, invi
sível mas sensível dessa coisa incrustada entretanto
aberta, mas completa, indivisível - seria possível
dividi-la? a uma distância segura dir-se-ia que
o espaço se embrulhava nela, nessa aura desencontrada,
rara, que só percebê-la num distúrbio ocular abrupto,
entre a fronteira do campo de visão e uma esfera
de conceito, metaperceptiva, era julgar tê-la apre
endido tão velozmente que só uma configuração parcial
pudesse ser extraída desse contato elástico, variável,
ora confirmado, ora desconfiando dela / essa coisa não
envelhece, impura, parasitária, sugando os interstícios
alinhados entre as partículas de duração com as quais
se perpetua, simbiotizando a persistência falsamente
temporária e a suspensão de sua existência inseminada /
essa coisa alimenta-se daquilo entre o tempo e o silêncio,
entre a hora e o atraso, entre o vivo e o morto /

essa coisa fagocita a substância do trâmite/
uma coisa translúcida, ânsia atravessada por estímulos
mas camuflada aos sentidos - seu acesso é restrito,
entretanto receptivo, tanto pela frente quanto pelo avesso
(se tivesse isso) / uma coisa tão estranha cuja alteridade
indefinida pudesse dividi-la em duas, uma sempre pre
sente, mas outra metade remota, e como não se encontram
- as duas partes dessa coisa incrivelmente fora de sincronia
- descarnam a própria aparência/ impossível imaginar
o que seriam se avistadas porque, se vistas, retornariam,
seriam de novo unitária / onde estaria essa coisa se parece
tão contígua mas não se consegue enxergá-la? onde po
deria estar se jamais vista? ela estaria entre eles? talvez
exista essa coisa pelo espaço vazio entre os corpos; por
mais que um abraço pretenda fundi-los sem junção visível,
quanto mais microscópico, mais aparece (entre) o vazio in-
solúvel / aquilo que existe pela deficiência da pele talvez
faça nascer essa coisa irresolvida (a causa da saudade?) /
seria essa coisa a consequência daquilo nascido ao alcance
e no entanto logo bloqueado, inócuo? algo inglório, outra
coisa, aquilo ali era o que poderia impedir de evadir-se
a si própria, coisa que por isso se mantinha, por isso
se queria assisti-la, mesmo não sendo possível (seria sen
sato destruí-la?) / desde o princípio o enigma grita, mas
no eco a resposta é a repetição de uma dúvida inequívoca.

se estoura a clepsidra do tórax, se explode o delicado
vidro, outrora incólume, da mina íntima escorre
o líquido dos glóbulos pelo túnel dos ossos; a falência
múltipla destilou dos órgãos a fina hemorragia, antes que
coagulasse (à protombina), por dentro cintilasse
essa brasa acesa sobre a base onde agiu a febre, algo
(sob a pele) regendo desde o ápice, o ardiloso auge
destes graus centígrados; que horário declararia com
justiça, a ruína desta balança cardíaca? quais das horas
vividas permitiria, limpa, cristalina, uma só plataforma
na memória? declararia o último suspiro toda a obviedade
da vida? mas o frio cronômetro do não exige tão só o dia /
a hora / a *causa mortis*, *Caronte* já o leva para longe,
o legista conclui o exame, descobre o nome, sutura
o abdômen, do externo à pélvis a linha dessa costura
contínua desenha a letra ípsilon, ainda enluvado,
preenche o dado no obituário, tramita o atestado de óbito;
deitado na maca, ou deslizando na gaveta, o cadáver
já navega (a balsa compulsória sobre a lâmina d'água),
entregue ao necrotério, refrigerado, rijo como aço,
frio como alabastro, outro homem se extingue,
vai-se mais um morto para o rio *Estige.*

INTERAÇÕES MEDICAMENTOSAS*

* Os poemas "pílula" e "labirintite" foram publicados em CORPO DE FESTIM; o poema "sonífero" foi publicado em 2018 no blog português gazeta de poesia inédita (mantido por José Pascoal); Os poemas "Ode ao engOv" e "mu-sa abstêmia" foram publicados na Antologia Porremas (Mórula, 2018).

mergulha goela adentro a miniatura duma ogiva,
atravessada pela arcada dentária, o mínimo submarino
ingerível pela gelosia das gengivas, luta o ácido
dessa remessa medicinal contra o refluxo do esôfago,
porque administrado via oral, o único remédio necessário
é essa mínima bomba química cuja engenharia
da reação em cadeia buscaria atingir certos tecidos,
alvos de registros específicos (um nódulo, pústula
ou o cancro n'algum recanto) entretanto, enquanto
(exponencialmente) progride esta ou aquela epidemia,
hordas de mamíferos humanos aportam às farmácias
como insanos, mas *homo sapiens*, são espécimes adultos,
cuja mais completa farmacopeia não acorre,
não há em todos os estoques (que logo se esgotam
nas prateleiras da indústria farmacêutica) algo que
resolva o medo a náusea o mal-estar da civilização
à época da reprodutibilidade técnica de doenças genéticas,
vendidas conforme qualquer outro mercado se regula
(malogra o lucro se não há juro, já não há jura
quando a demanda se dana) até que se descubra
que o veneno e o antídoto (a fartura / a carestia),
a doença e a cura, indissociáveis siamesas,
já são partes da mesma mistura.

em cada globo ocular   *(no crânio)*
sobre o reboco da órbita,
este involuntário abismo ameaçasse a b r i r - s e,
a princípio em progresso lento,
o glaucoma erodindo os olhos que,
porosos, devorassem da anatomia,
carcomidas nas próprias fímbrias,
da íris ao nervo óptico,   *(na flor)*
da pétala ao pólen, e uma cegueira,
meramente hipotética, coroasse
algum egoísmo, àquela sala negra
muitíssimo estreita

(onde há esse jardim
de um único transeunte que,
imobilizado pelo medo,
faz da sensação do mundo
esse único plano escuro do tamanho de tudo,
mas cujos limites apenas se definem
se habitáveis por seus obstáculos).

ao contato incauto com quaisquer destas pegadas
presumidamente compassadas, os degraus de uma escada
sem direção ameaçam o estilhaço e mesmo no vácuo é
necessário ocupá-los, sem chão, sob sério risco de se
despencar o paço; a rachadura aberta sob os pés, o passo
em falso, o corpo tragado por algum lugar onde nada é
certo ou faz sentido; se falham as pernas, abolido o
equilíbrio, resta no caos uma dança antigravitacional
banhando com choques elétricos o ouvido interno: seria
até possível aceitá-la, mesmo que não se oferecesse nada,
ainda que extinta a terra firme, por perto sequer parcela
de qualquer apoio ou nenhuma das partes mútuas ao voo,

simétricas, hélices ou asas-deltas, o corpo entregue à
gravidade zero, planando sob a *"garagem hermética"* da
atmosfera, até que sobrevenha da queda, num átimo, de-
certo a consciência da doença, de que jamais se poderá
confiar nas próprias pernas; segue-se a consulta médica,
a escolha da droga, a hora do remédio, estima-se o efeito,
o tempo de administração do medicamento; mais tarde,
recobra-se o centro de gravidade, todos são bem-vindos
ao refúgio do produto químico, injusto, sempre sujeito ao
abuso : ridículo à primeira vista, *dicloridrato de flunarizina*
(*vertix* ou *vertizine*, nomes fantasia, ajustam o labirinto)
o que está aqui, admita-se : é equilíbrio convertido em
[pílula.

SONÍFERO

toda pílula ingerida
em razão do alívio:
para a carcaça vazia,
o trigo/ o milho;
a vigília, para quem
dorme em demasia;

cabe à química fina
calcular tal dose,
entre massiva e tímida,
se garganta adentro
ou diluída na saliva;

a carne crua prescrita
para a anemia, para
a solidão algo entre
a arte e a carne nua
sob a cúpula noturna;

para o ninho vazio,
uma outra cria;
para qualquer des-
regramento, algum
precário equilíbrio;

para as certezas absolutas,
a conveniência da dúvida;

mas para quem sonha acordado,
qual seria a verdadeira cura?

essa sonolência desalenta o epitélio
(inexato, ausente ou quase cego);
parte do tato adormece, inapto, da
triste anestesia que mescla um
abandono à resistência; ainda que
recordações insistam, não fixem,
ao contrário, como peixes de aquário,
raros, apenas fluem sem que o olho
escolha um só brilho entre outros signos,
vácuo sem foco, entre o sono e o ato
de flagrar-se assíduo em qualquer
que seja o raciocínio; largar-se ao ócio
de um limbo sem equilíbrio, mero exercício
de algum desígnio entregue à lentidão
da trajetória entre o agora e o daqui
a muito   muito   muito   pouco.

ODE AO ENGOV

para João Cabral de Melo Neto,
in memoriam, pela sua devoção à aspirina

certamente: o mais gastresofágico
e prático comprimido – com hidróxido
de alumínio –, elegantemente ingerível
por aqueles que pretendam encher
a cara, bastando administrá-lo em mo-
mentos de certa estratégia no ato do
consumo (um pré \ outro pós) do álcool;
esta droga, ao tomá-la, qualquer candidato
egresso da sobriedade e cujo corpo tende
ao exagero no copo, por destilados ou fer-
mentados sempre, terá formada no estô-
mago uma benéfica e antiácida camada.

(\ )

combinam: além da inequívoca ação do
anti-histamínico que aliviará sem engano
alguns dos danos menos drásticos de
qualquer abuso etílico, reunido ainda
ao renomado ácido – o acetilsalicílico –
a beleza estética do recomendado remédio
em dourada embalagem (meio amarelo /
meio rosado) e redondinho, um artefato
bicolor curativo, acudindo aqueles que an-
seiam pelo auxílio deste forte aporte, neces-
sário e indispensável à nobre arte dos
homéricos goles & grandessíssimos porres.

não fosse o porre de ontem o óbice
à voz incólume da primorosa musa
Mnemosine – filha de *Urano* e *Gaia* –
a embriaguez tendo calado no espírito
o grito de qualquer memória, talvez
escrever um poema distinto houvesse
compensado a nefasta ressaca, que
por horas avassalou sua cabeça,
afastando-o à revelia, surdamente e
amnésico, do reino das palavras

não fosse o álcool o ócio
a gastura a angostura a birita
a aguardente a pinga a angústia
regurgitando a música ruim
das jukeboxes programáveis
pela súbita legião de trêbados
se atravancando bar adentro,
talvez o poema tivesse vindo
– simbólico idílio dos que dizem
beber apenas socialmente –,
e talvez não fosse muito diferente
deste, mas que por uma questão
de *finesse*, no fundo falsa e pre-
tensamente, o poeta resolveu
consigo mesmo, passada a
enxaqueca o enjoo o vômito, não
escrevê-lo em primeira pessoa

p.s.: o poeta é um fingidor
e ignorando a má fama de pé-
de-cana pinguço manguaceiro
alcoólatra péssimo abstêmio

e o fantasma sob sua carcaça
refletir-se na garrafa de água prata
ou qualquer fluido que valha...

quando o caráter falha
onde lava a alma é nas lágrimas
da velha e calorosa amiga:
a cachaça!

IDADE DA PEDRA*

* O poema "space oddity" foi publicado em GRAVIDADE ZERO; Os poemas "o átomo de carbono" (i), (iii) e (iv) foram publicados em CORPO DE FESTIM; O poema estratigrafia foi publicado na pesada" foram publicados em CASA DAS MÁQUINAS; O poema "centelha", na Antologia RelevO 5 anos (2015); O poema "coluna de perfuração" é inédito.

a terra está para o satélite
como a água para a atmosfera
tudo gravita - a vida - equi
libra-se ainda que se esquive
o cometa do meteoro | as rotas
de colisão explicitam certa par
cela de perigo e medo a que
todos os corpos celestes se
submetem entre o caos e a
calma, dicotômicos | o som não
propaga o ruído está extinto
quando se orbita no frio deste
vastíssimo tapete dito infi
nito | que ímpeto teria pro
longado tão largo o nada tão es
cassa a massa quando comparada
ao absoluto tubo nulo onde tu
do está indubitavelmente contido ?

toda a vida contida numa exígua partícula,
- desdobrável de si própria -, equilibrada
sobre a mesma progressão desenfreada;
deuses ferveram-na numa caldeira aquecida
ante o clarão do *big bang* / cozendo-a por milênios,
lenta, nas tripas da mais velha estrela / e lá, aprisionada,
como o maior espetáculo da *via láctea*, além do limbo
centígrado dos organismos bioquímicos,
replicou-se a enzima de sua fina
(e elástica) matematicidade
// até que [...]

no interior do planeta, uma bilha líquida
de bilhões de graus centígrados brilha /
na cela férrea, a energia centrífuga
esteve apresada aos polos magnéticos da *Terra* /
um íntimo dínamo, o único núcleo
do seio incandescente de todos os *vesúvios* /
placas de treva rodopiam entre si, inter
cambiando os óculos e portas desse gás próspero,
que vez por outra escapa para a crosta,
pelos poros, em erupções vulcânicas
// até que [...]

resfriados na água pelo gládio glacial, ácidos, esporos
e átomos rearrumaram a forma, nadaram para fora
e já longe das margens (de charles darwin a richard
dawkins), fabricaram nova roupagem, asas, caudas,
quatro patas, penas, pelos, couros secos, ou em pé sobre
as duas pernas / agruparam manadas, alcateias,
revoadas, tribos de hominídeos (de neander a denisova),
grupos distribuídos, técnicas agrícolas e revoluções cien
tíficas, indústrias, silício e cristal líquido, do carbono à
carne e de volta ao carvão, da morfogênese à individuação,
do mercado ao contingenciamento humano, da barbárie
do canibalismo ao individualismo citadino
e daí ao tráfico de órgãos / é fantástica e bizarra
a via crucis de todos os vivos
// até que [...]

veios de calcita
                        irisam,
rios lentos
                  na sólida rocha,

sob terreno
                  tão árido e seco,

                        outrora gelo

não da pedra à perda: calcário e areia;
nem pedra cuja área se perca ou retraia;
não é a pedra de água: o frágil gelo que
valha; não é de pedra pequena que algum
alpendre prenda; nem essa pedra que
quebre: granito podre e breve; não é
a pedra que parta ao peso que antepare;
nem a pedra de ventre onde algum fruto
arrebente; mas a pedra de ser pedra
sendo-a simplesmente, pedra que não
desprenda de sê-la possível sempre;
pedra tão imprópria ao olho que imagem
não recolha por ser tanto nela mesma
o bloco que lhe é comum; tanto deserta
a pedra que destino algum destrua um
poder seu de ser pedra que de nada mais
dependa; pedra densa, perene, serena a
forma que tenha a límpida geometria dessa
área impenetrável; pedra tanto repleta de ser
pedra sendo-a sempre que não haja ideia
sequer para algo que não a seja; pedra bruta,
sombrosa, que não tendo dentro ou fora
sendo o centro que é inteira a sua matéria
severa; pedra sem erosão, que, inerte, por
quantos séculos penetre, permaneça
tão completa bem como descomunal.

não da pedra ao grão, a rápida gangrena da partícula calcária, nem a pedra cuja perda retraia sua própria área, sequer areia de ampulheta, lenta: mero farelo transitório; não é a pedra de barro: úmida, dúbia, involuntária; mas a pedra, ao contrário, peremptória, clara, sólida; não é de pedra quebrável que alguma pressão rebentasse, mas da pedra a supremacia de sê-la perpétua e integral; pedra essa de ser pedra simplesmente sendo-a, pedra que não depreenda de nada sê-la outra coisa, a não ser ela, nela, severa e irreversível; eis a pedra eternamente imprópria ao globo ocular dos homens que imagem não escolham por ser tanto nela própria um único monolito incólume; pedra isenta, indiferente, que tempo algum a destrua, nenhum fóssil a habite, pedra sempre sem ventre nem fenda, sem centro (ou dentro); pedra perenal, sem origem, sem exigência pretérita, e nem mesmo por isso inédita ou preterida, apenas a existência presente a desenha exatamente represada à geometria cristalina de sua matéria irrefutável; base de pirâmide, pedra de catedral que, liberada (mesmo sem prender-se a nada, está, entretanto, arrematada), erigiria já sem presumir recompensa, qualquer abside colossal, único sím bolo pétreo, tremendo, de sua absoluta deferência.

não do módulo o objeto indesejado, ou qualquer coisa desligada, jogada fora do todo, mas o próprio bloco lógico, modelo da unidade com a qual constrói-se o jogo de todas as coisas dispostas sob a face topológica deste globo; o tijolo sólido, o gomo, o glóbulo, daqueles óbvios, moldes por sobre os quais as coisas ganham contorno, a vida encontra saídas, para que partes indivisíveis, ainda que divididas (os cromossomos? os átomos? as formigas?), na prática, se organizem; há pedras retas, geométricas, ainda que imperfeitas, dentro dos prédios velhos, há ferros, nos novos, aço e concreto armado, enxertos de extrato exato, módulos clássicos, amarrando contra o caos de todo fluxo inconstante, que precisa ser detido, para que algo subsista, além do sinistro abismo, limbo dos raptos movediços; assim nascido o rigoroso encontro dos ângulos, quina de imã com quina, frio contra o fio do contato, face ante face, atraídas, e duas paredes macias e adicionais fazem da nova caixa fixada — a casa? a fábrica? — uma estrutura maciça e tudo inaugura ao redor, crescem cidades, engrenagens, sociedade, de blocos, módulos lógicos, de pêndulos, am pulhetas, seus grânulos instantâneos contra o envoltório dos relógios, pois nos extremos da tal batalha fundamental (contra o tempo), se de um lado perduram, já fragilizados, os módulos da matéria, de outro *Chronos*, esfarela, desa grega, destrói desde agora, no prédio do cérebro os módulos mesmos da memória interna.

há uma fábrica abstrata fincando os pilares da ponte, milhares de lajes improváveis cuja vantagem equilibra sobre arcos alargados, seus arranha-céus em processo; há a briga física, que se acirra, agressiva, entre betoneiras e bate-estacas, guindastes elevatórios, monstros dobrando a rígida matéria redistribuída; fabricam concreto, vigas, cimento, sovados às toneladas sobre os feixes de vergalhões; escorado à cavidade das fundações, cada canteiro de obras é uma arena cavada, cujo ringue expandido abre clareiras na área extrapolada do centro da metrópole; desde o desenho do arquiteto na prancheta, o engenheiro encomenda o trabalho de outrem, do mestre de obras o áspero trato com seu tropel de pedreiros, homens repetindo os mesmos trajes, só completados pelos itens de alpinista da qual depende sua sobrevida de operários hábeis, e trepados aos montes (soerguendo torres) entre os andaimes apoiados a cariátides, fazem germinar um prédio desde as tripas às vidraças cujo reluzir das faces lisas inauguram espelhos gigantes de tantos andares, oferecidos à vaidade da cidade; na marmita da refeição um bife frio, ovo frito, rifles de apetite e a atingem; a argamassa é rala ainda, há mãos humanas antes de empedrá-la à poeira branca, misturando outras químicas ao barro tecnológico.

CIDADE

Explico uma cidade quando as luzes evoluem.
[...] através de brilhos interiores [...]
Cidades são janelas em brasa com cortinas
puras [...] Quartos. Jarras.
E por dentro de tudo a morte e a loucura.
[...] Cidades são aposentos fixos [...]
Herberto Helder

é a metrópole essa crisálida precária de concreto/
o dragão atropelado entre os lírios e aneurismas
da indústria/ os incríveis crimes de sua construção
inauguram o futuro da pedra recriada: grandioso
mosaico, entretanto lacrado sobre o próprio formato/
urbe de síndromes/ só neon a ilumina/ impressionam
seus escudos de luz e poluição/ a cidade um animal
de aço, sibila a bile de seus esgotos, vindo à tona,
sob óxidos episódicos/ seus dias deglutem-se contra
as próprias costelas luminosas/ tardes que um outro
aço veloz apodrece/ quando anoitece, há receio sob
o céu, químicos resquícios da toxina/ galáxia infinda
de vias e avenidas, gritos na rua vizinha são como
silvos elétricos sob a vigilância de olhos sintéticos/
o mundo quase recolhido sob gigantescos quilômetros
de madrugada/ os apartamentos que restam acesos
(barricadas) são mônadas contra os sintomas do sono.

ROTINAS

(CLAUSTROS)

[*antropodromo* ou um corpo pra cada
cômodo: [a consciência das quatro paredes]
o mingau petrificado de nervos sob um
recôndito encontrado entre escombros
contraídos [*jonas* na barriga da baleia
[o mundo pelas janelas [é árduo o ato
quadrilátero dos quartos [corpos para
habitar os próprios lacres, enclausurá-los
no concreto armado [o claustro é tempo;
o lar é um hábito horário] asfixia de si
nessas celas anônimas, cubículos limpos,
condôminos com insônia [o incômodo barulho
dos vizinhos, de seus filhos, de seus uten-
sílios, o ruído de seus discos — a tragédia
atravessa as paredes finas dessa fixa
caverna vertical: prédio de apartamentos]

JARDINS
[EXCERTO]

(2 flores)

cresce do refugo sujo a magra árvore posicionada
no entroncamento arbitrário de muitas ruas absurdas,
da ponta de seu galho mais esquálido e arqueado
uma única e pequena flor rubra debuta, entre o roxo
e o fúcsia, tão lúgubre e fosca, pendendo do fraco
arbúsculo atrofiado, instalado na bifurcação; ninguém a vê,
afinal quem a perceberia, murcha, como que por trágico
acidente no aço dobrado desta esquina, tão somente
um lírio triste debruçado sob a pilha de lixo,
que se acumulou sobre as próprias raízes,
encapsuladas pelo concreto da calçada?

GRAVIDADE ZERO, 2017

em cada aparato de voar, nascido à luz da física
e da aeronáutica, jaz, em potência, a pane da pilotagem
(quiçá retirada da caixa preta sua incorruptibilidade,
toda blindagem abolida desta bolha comprobatória;
guardará no tanque arsênico ou querosene),
[o rádio em ruído / a ruína / o pânico / o erro humano
no enredo ou mesmo o fantasma da máquina]

["máscaras de oxigênio cairão automaticamente"]
soube-se que sucumbira sem combustível
sob a asa descarregada exigindo precoce
aterrissagem forçada; as hélices, como se despeta-
ladas, frágeis – ou a fada dos desastres fizesse delas
fitas de poliéster e elastano (fossem pétalas de lírio
ou estivesse já louco – ou morto no cockpit – o piloto);

eram brinquedos quebrando, deses-
perançados pelo impacto irremediado:
no rotor do primeiro o mofo, fatal,
como no miolo de uma flor desenraizada;
no segundo, recusaram-se as asas
mastigadas pela falha, no vácuo
para a qual não houve escusa;

a farsa da mecânica deflorando
a ambas, duas borboletas em cada
qual uma asa arrancada, fracassando
no voo – insetos zonzos – um avião
de encontro a outro; a explosão, o
estrondo, a ampla mancha abstrata
tornando aquela noite tão clara;

desde a infância (manipulando
dioramas de urânio, imaginados),
acolheu tal fabuloso cenário:
no futuro haveria um trágico parque
temático de aeronaves despencadas
que, de longe, de algum horizonte
de isótopos, pareceria incendiado,
a fogos de artifício esverdeados,
o mês de março, na festa de são patrício,
protetor dos físicos e da fusão a frio
ou ainda em setembro, são josé
de cupertino, protetor de aviadores,
cosmonautas e dos estudantes
em véspera do exame mais difícil;
irromperia este personagem reativo,
um novo herói da físico-química,
mecanizado e a jato – mistura de ícaro
e *hércules*, o aço em paralaxe – capaz
de vencer o céu, vergar a gravidade,
avizinhando estrelas aos passos tão
próximos, por territórios
de corpos celestes,
inóspitos,
desde jovem teve essa dúvida atroz

(ou a certeza premonitória)
se não seria ele próprio
esse mártir metálico
lançado ao espaço
numa cápsula
de plástico

tendo idealizado o espaço,
(odor de fezes na astronave/
uma vira-lata molhada e sua
murrinha) o cosmonauta se choca
ante a realidade suja: desagradável
crise sanitária instala-se, grave,
a anos-luz do seu planeta natal;

sentindo cheiro de pólvora na urina,
o insuportável aroma da amônia
e tudo isso aprisionado às narinas
foi possível senti-lo, inibido, animal cinerado:
estaria mesmo ali o cadáver da mais fiel
das almas entregue ao vácuo ou apenas
o retraído simulacro de um canídeo?

pondera sobre como *laika* teria ganido,
no limiar entre a vida e a desaparição,
o desespero de não emitir som,
sem osso ou carinho (o rabo que não abanou)
não houve presença humana apenas
o frio monitoramento telemétrico
de suas tímidas funções vitais;

sem uivo que ecoasse no espaço, não houve
a quem seduzir com o olhar pedinte
da cadela vadia querendo acolhida e abrigo:
à mercê da eutanásia calculada, (o sacrifício
físico do bicho ainda sanguíneo) afinal
nada disso é possível quando se está prestes
a explodir à bordo do segundo *sputnik*

MISSÃO APOLLO HUM (27.01.1967)

no *cockpit* de um velho estofado sem forro,
o mofo do encosto insalubre aciona o suor
que escorre das costas | na testa uma constelação
de gotículas cadentes condensa a primeira mescla
a inundar-lhe a sobrancelha | enquanto ele cruza
de ponta a ponta a galáxia sem levantar do sofá
o quitinete é a própria bolha onde a ilusão
do suporte à vida o reabilita | os monitores - onde
grudou seu par de olhos - mostram, entre outras
atrações e jogos, o anúncio do noticiário das oito |
uma comporta parcamente climatizada guarda
pipoca de micro-ondas, carne descongelada,
bebida isotônica e pílulas de astronauta |
quem sabe esse homem-bala não seja apenas
um menino vestindo um macacão inadequado,
prestes a ser lançado ao espaço de seu
assento ejetável, ou um convidado fantasiado
aguardando há dias, na área de lazer do loft do vizinho,
a promessa de uma festa que nunca terá início |
arrastada e entre ruídos, ouve-se uma voz feminina
que se suporia oriunda de um rádio de ondas
curtas: "contagem regressiva para o lançamento:
dez nove oito sete seis cinco quatro três dois
hum: lançar!" a vida ao redor estremece |
os parafusos pirotécnicos liberam da base,

a nave > ato contínuo > o zelador arromba
a porta seguido por bombeiros que espargem
água e gases contra o corpo do homem-bomba
cujo traje, embebido em fluido de isqueiro,
o fez acender como um foguete minutos antes |
relembrada a cena, tudo pareceu fluir como
no cinema, sem que os espectadores sequer se
perguntassem quem teria avisado a brigada
ou por que o protagonista ansiou pelo incêndio
que o arrancasse da própria carne
lázaro para fora do planeta Terra

VIKING (1975 - ANOS 90 & 2000~)

o solipsismo gnosiológico
                                        da sonda
ao mapear o vasto
território marciano

os passeios solitários
para recolher
delicadíssimos centímetros
cúbicos
          (amostras de solo insosso)

os testes, rotinas/ sub-rotinas
como a consciência do mecanismo
enviado ao planeta vizinho

revelam enfim as análises,
inequivocamente:

                    "Life on mars" não há
em marte, só mesmo a morte,
sólida, gelada,
em total isolamento,
                    parece
                                        se bastar

a água
tendo simulado a gra
vidade zero | o nervo
de aço o tempo exato
do salto no espaço os
aparelhos aptos todos
os protocolos salvos

AGORA :

devassado o armário
da agência espacial
à mais nova tendência
da moda algo entre retrô
e avant-garde convém
escolher a roupagem
mais adequada vestir-se
para seguir jornada

parecerá a panóplia de chanfros outrora descoberta
por erich von daniken (pássaro, mas humanoide)
no registro em pedra de uma antiga placa asteca/
toda função bioquímica monitorada pelo escafandro
será transmitida à Terra, da indumentária,
e vice-versa, com análises e diagramas,
recomendáveis trâmites/ seu rosto estará guardado,
acessível apenas pelo monóculo indestrutível
de uma mínima janela recortada no elmo/
o observador de estrelas (viajante, nômade)
portará sempre presa ao seu nome uma amoldada cápsula
de fios rígidos, fibra ótica e tecidos/ o icônico traje branco
terá como matéria-prima a poliamida e, maleável, o kevlar
para conectores acoplando o tronco e os braços ao pescoço -
povoará os sonhos de garotos que se imaginarão
destinados a viajar por séculos numa sidérea odisseia
(derrotará o mal, em HAL ?) usarão no éter abissal o
novo vestuário espacial, e ainda que sacrifiquem a própria
agilidade em apenas alguns graus, logo onde agem,
pressurizadas, mais camadas - soprará oxigênio e cocaína
nas narinas do astronauta : haverá oco, e água, cujo maior
esforço protegerá seu corpo autônomo às condições
inóspitas do voo: glorioso homem do futuro, lançado ao
[paradouro mais longo.

tudo o que se exige dele
– astronauta/ ou kamikaze –
é que entre na nave
e aceite a viagem
"ou quase"

"tudo ficará para trás",
prometem os projetistas
da nova cápsula com mil
propulsores dos mais
eficazes

tudo o que se espera dele
– algo entre astrônomo/ e colono:
copérnico / ptolomeu / colombo –
é que embarque e "vaze"
(parta. viaje.)

colonize marte sem olhar para trás
finque a iluminação pública no lado
escuro da Lua / é como atravessar a rua,
logo ali o lugarejo separado por milhões
de quilômetros sem oxigênio ou prêmio
somente o altruísmo ou óbvio martírio
do astronauta solitário por quem o mais
engenhoso robô do *ovni* luminoso possa
se afeiçoar / ah meu filho, apenas vá,

daqui serás o mais famoso ponto remoto
visto de telescópios cósmicos, serás
a melhor notícia em horário nobre, roteiro
de filme *sci-fi* / livro mais vendido /
herói de gibi / símbolo sexual / objeto único
de estudo / dos rocks de *bowie* / motivo
de orgulho e júbilo / cuidaremos da
tua família com pensão alimentícia
apenas suma, seu grande filho de uma puta,

o peso outrora ancorado ao rígido piso
segundo o conteúdo programático ou
o índice onomástico da gravidade de newton,
tudo que esteve plantado (sobre a fiação
de raízes invisíveis) nalgum planisfério
supostamente inescapável (ou quase)
agora dança (flu tu a em câ me ra len ta)
pelo espaço das câmaras artificialmente
oxigenadas no grandioso galeão suspenso
cujo nome nos falha (fosse *pequod,*
hispaniola ou *nostromo*)

como se tudo que agora voa (à solta)
reclamasse um enxerto (adesivo ou aderível)
de velcro ou ímã magnético para fixar-se
às paredes côncavas de túneis salas passagens
e todas essas "aparições" não fossem, nelas mesmas,
as próprias coisas, mas meras cópias fantasmagóricas,

(seria o efeito-*tarkovski* apenas observável
na órbita de *solaris,* suas enseadas transformadas:
águas ~ as ondas do contínuo tsunami ~ mais nada ?)

como se o tempo estancasse
dentro dos músculos atrofiados
e a falta da gravidade fosse, em si,
uma deficiência rara, o mal do espaço,
e precisasse ser irremediavelmente
extirpada, combatida ali, diante
do surreal cenário: o cristo orbital
de *salvador dalí*, ou seus relógios derretendo
e a única imagem
acionada na memória para aplacar
essa estranheza (porque há o esforço
para naturalizar ao olho humano
uma realidade suspensa em que tudo
parece livrar-se ou estar à deriva)
fosse esse balé subaquático assistido
num documentário de águas-vivas
(e outros monstros marinhos,
entre sereias e víboras) encomendado
para alunos de oceanografia

S.O.S.

abandonar
palavras ávidas
pelo resgate,
na página,
como antes,
nas mensagens
dos náufragos,
em garrafas...

quem sabe
haveria sílabas certas
para salvá-los,
sangradas
no improviso
das canetas
secas pelo calor
drenadas pelo sal
"save our souls"
as letras dependessem
apenas da estética
para serem avistadas
pela nau exata,
flutuando, camufladas,
sobre turbulentas águas
terá sido o último recurso

- grito no vácuo, escrito -
de cada herói moribundo,
de cada pioneiro galáctico,
afogado no derradeiro átomo?

que destino um astronauta perdido,
sem ar, carinho ou abrigo,
(entre hordas de supernovas)
escolheria, senão o da poesia?

nota do próprio major:

"se escrevo em terceira pessoa
é porque aqui fora, indefeso,
enquanto orbito Solaris a sós
ou longe de qualquer nave
que me abduza ou salve,
tão distante da lua ou do sol,
por vezes o espelho que fiz
de minha escotilha, me dizia:
o eu que vês já é um outro,
bobo, e teu fantasma és tu:
booooo! e o susto sobrevinha"

) LUNAR (

ágata clara nas ilhargas da galáxia
serena esfera em órbita do planeta
satélite-ela (ninfa entre fêmeas)

sua pele crivada de crateras
                                                  plena
                                                          imensa

seu corpo-um-único-glúteo a regular marés
– que é quando menstrua o mar da Terra

há o sexo do céu
                              o sol convulso
em sua cópula com ela

o branco de seu ventre prenho
inventa alvores
para abalar o lábaro da noite

gigantesca gota de mercúrio flutua

sobre a cúpula da populosa urbe

lua
        vulva

ova de prata
                    contemplada
gomo
        gema

pendente

entre estranhas antenas

o universo visto como um infinito estojo cósmico
de joias e esferas que, acesas ou frias,
se alternam no sidéreo manto deslizando
sob ou sobre invisíveis e indivisíveis energias,

entre forças ora centrífugas/ ora centrípetas
conforme suas massas ora ofereçam/ ora absorvam
distância ou atração; talvez pequeníssimos ímãs as re
criassem nos movimentos de repulsa e aproximação

o mais complexo aparato de ocultas amarras
e pulsões sem as quais nada mais no mundo
se manteria justo – ou junto – um organismo
de muitos, ainda que abraçados à espiral perene,

há essa mão suportando a galáxia ou qualquer outra parte
que melhor sirva de metáfora para algo tão grandioso
quanto um imenso tecido grosso onde gigantescas bilhas
de planetas e sóis ondulam, e se equilibram, e brilham,

são estes corpos celestes, que em suas órbitas permanecem
ainda que alguma atração física exerçam aos satélites vizi
nhos, e gases e águas se aquietem ou se agitem pois tudo
é movente e conforme ainda haja sólidas bases imóveis

onde caibam construções com que humanas hordas obs
truam os rios, os vales com ruas e cidades futuras, mares,
oceanos, a atmosfera com óleos, gases tóxicos, sujidade e
precisassem fugir às pressas do quarto, amantes carnais
[flagrados no ato

ocultados pelo antigo obscurantismo deste véu blindado,
espiam, protegidos, todos os máximos mistérios
do universo, dos mais insuspeitados e profundos
aos quase dedutíveis na simplicidade; dentro
desta caixa-preta crivada de estrelas,
a engrenagem cósmica se move desde muito antes
de qualquer humana eureka;

ainda assim, o oceano do espaço singrado na astronave,
o solitário marujo, cujo treinamento jamais haveria
de prepará-lo para tamanho maravilhamento e medo,
diante da vastidão inapreensível do vácuo que,
testemunhada pelo olho do único homem, no ineditismo
de tantos fenômenos, se esforça em vão para
catalogá-los com dados viciados;

mal poderia presumir que, por trás da malha
dramatúrgica das luzes estelares, entre as zonas
escuras, os vácuos abissais e abismos do enigma maior,
jaz a incapacidade de apreender de qualquer
cenário capturado pela aparelhagem regulada
especificamente para o olhar terráqueo,
a imensa zona neutra, crepuscular,
oferecida apenas à cegueira

seu último adeus entrevisto da escotilha
antes da contagem regressiva, houvesse
para ela um local definitivo, o destaque adequado
além da janela de um belíssimo quarto decorado,
ou desta câmara branca; no centro do drama,
cada piloto com sua própria dama, repudiada ou
merecida, megera ou santa, o melhor momento,
congelado fotograma, repousa no anacrônico
porta-retratos, entretanto um fato permanece
insuspeitado: enquanto sonha do leito criogênico,
divagando no idílio de uma visita fictícia
a um extravagante motel construído num acelerador
de partículas, há pelo menos vinte séculos terrenos,
sua mulher, e os filhos (se os tivesse tido, ou
os que de fato teve num universo alternativo),
seus bichos, da família os entes mais queridos,
toda a carne reconduzida ao pó, todos já morreram
na Terra há, pelo menos, algumas centenas de décadas!

HAL 9000

do zênite excelso
da mente   o elemento mais lento
repele todo o peso;
um eixo helicoidal
no espírito cindido
eliminaria todo o medo?
o astronauta
mesmo ao não sentir-se a salvo,
se entusiasma
cada movimento íntimo o faz lembrar
uma calandra atômica
orbitando Andrômeda
[até que]
um dos módulos eletrônicos
ávido por um coração humano
ou uma alma
como *pinocchio*   *frankenstein*
em *Oz*, o homem de lata
venha reclamar seu quinhão
de óleo grosso e viscoso
de combustível   gozo   sonho

a crescente tensão da consulta periódica
à reserva de gases respiráveis; a rotina
convertida em sentença de morte ante
a fantasia vencida da chegada à mais
implausível destinação outrora prometida;

do lado de fora da astronave, suposta-
mente rumo a marte, todo dorso do lus-
troso negror só antecipa a asfixia que virá;

é sem atrito o novo altar do sacrifício
untado em química anticorrosiva, ícaro
submetido às invisíveis guilhotinas, oscila
entre os sintomas ainda controláveis da
discreta cianose, da sufocação inadiável;

todo possível idílio científico se esvai
enquanto drasticamente decai a absorção
de O2 pelos dois únicos pulmões esquecidos
da suja bolha irrespirada da velha atmosfera
original; enquanto cogita extrair a própria vida,
se aferra à interrogação vazia: haverá notícia?

parece sorrir enquanto se oculta,
no lado escuro de mim
e disso apenas um fraco e indis-
tinguível vestígio recebo de esguelha,
(ora temendo perceber-lhe o cenho,
ora querendo ver, ouvir, sabê-lo)
mas é fugidio e esquivo seu reflexo híbrido,
imerso, em segredo, num labirinto de espelhos

quase ouço sua voz metálica,
revelando a fala de efeito,
comunicando finalmente
a verdade, dizendo todo o mistério...
usará como eu um traje,
um elmo, aparelhagem?
depois me convenço
que ele aguarda, calado,
acompanhando a trajetória que, secreta,
nem eu mesmo tive por certa

terão carregado de fato uma alma
meus parcos átomos de carbono
?
quando finalmente alcançar
a outra ponta da galáxia
terá ficado aqui comigo
ou terei deixado lá, de onde vim, lento,
quase relapso, embora sedento,
minha tamanha lembrança
?
será deus, o demônio ou o vazio,
esse anjo de cromo, com o qual,
a minha própria imagem,
projetada, dança ?

e então n'algum vórtex do espaço,
n'algum vértice do vácuo
pairará ainda o traje,
em perfeito estado (ou quase)
algum tecido puído (ou íntegro)
indo, como uma nau à deriva,
são mastros os braços em cruz
e conforme a imagem se condensa
n'algum lugar da SUA imaginação
que a investiga lançando um
flutuante olhar de telescópio
para próximo da escotilha
(os múltiplos estágios no
quadro a quadro – como no
zoom in mútuo e lento de um
monóculo de encontro a outro)

à procura de algo familiar
e humano (um rosto?),
buscaria descobrir se há
lá dentro o cadáver inconsútil
de um pioneiro desgarrado
ou tão somente constatar-lhe
o pesaroso óbito e agora
bem de perto, mas tão perto
que a SUA respiração quase
nubla o vidro da abertura,
por onde, do outro lado do pano
(essa fronteira final - a da leitura),
VOCÊ possa captar-lhe algum
tremor no mármore das pálpebras,
e ao fitar do morto a pétrea face
- cara a cara - a perscrutar
o segredo de sua última metáfora,
então, de súbito, no susto,
o olho deste herói (apenas
o astronauta morto)

R E A B R A

O SAL DO LEVIATÃ, 2018

A PÁGINA MARINHA
[EXCERTO]

"e enquanto você lê/ o mar está virando suas
páginas escuras,/ virando/ suas páginas escuras"
Denise Levertov

~ /hum ~

~ (as camadas dançarinas da máquina marinha ~
imersas na única carroceria cavilhada
de crustáceos por sobre suas mil costelas
de acrílico, cristalinas ~ nestas esteiras líquidas ~
escorregadios entre si, porque diluídos, seus
mancais de alumínio ~ (sob dilúvios de molusco
~ afluem acordes ao prístino desígnio ~
sobre o prisma do mais íngreme dos precipícios
~ (rangem os fractais do mar original) ~
os naufrágios ~ um cântico trágico os
atrai, ária da cantata, tão íntima ao
ritmo contínuo no qual conchas submersas
por círculos de sal são as peças do oráculo
à odisseia onde tudo espirala e reveza) ~

~ /quatro ~

~ (o labirinto intramarino ~ tremeluzindo
espelhos vivos ~ de vincos cor de vinho
~ murmúrios / marulho) ~ o mar possui cristas
dorsais, que eriça ~ seus ladrilhos são
incorpóreos menires sob a fossa abissal ~
há cariátides de cristal decorando os
recônditos de seu salão principal ~ (*Iemojah,*
rainha dos redemoinhos ~ *Iemanjá* manejando jangadas
na encruzilhada das águas) ~ há um pomar esquecido,
de astrolábios outrora dourados, agora tão
corroídos ~ náufraga morada dos astros ~ de uma
mínima astronomia de ostras / se estrelas-marinhas
são sóis irrisórios ~ nebulosas mergulham / e polvos
retorcem seus tentáculos constelares) ~

~ /seis ~

~ (emaranhado por marés o mar menstrua,
regulado sob os trâmites da lua ~ seu
diafragma ~ agrado em água máxima ~
múltiplo o acúmulo que ~ flui ~ feminino
e hidrovascularizado ~ e muito embora
demarcado em cartas náuticas, o mar escoa
para todos os lados ~ entorna e retorna
uma ágora larga, agora sob a aurora ~
aura do arco aquarelado sobre o sal das
catedrais de prata e coral ~ pátria de fúria
e maresia ~ safras de madrepérola e saras
~ e *Poseidon*, pai-do-mar ~ armado do único
tridente entre tantas espadas de barbatana,
possui ~ celeste ~ sua lavoura de azuis) ~

assoalho visitado às bordas do fiorde
suas escarpas de basalto | o espaço
entre o ar e o mar embaixo que quase
julgaríamos raso apesar da maré alta
| hirtas suas afiadas bordas |
símiles às de uma faca árabe
(arqueada (cimitarra (
| o que as navalhas da erosão
erigem é este grupo de rochedos
pouco a pouco sendo degolado
assim o penhasco largo | vasto:
ponto turístico para narcisos
e suicidas | amplo plenário de
pedra d'onde observam o sol
nascer | ou se pôr | platô sólido
observatório possível | existe
essa muralha terrena | pesaroso
mármore erguido | lugar de uma
solidão extrema | avizinhando o
pélago triste a esse chão de limites

(::: (à anatomia da frente fria (alturas nublam no acúmulo esta rígida camisa de granizo com que o medo copula ::: de tão leve o veludo ::: névoas evolam e renovam nuvens lúgubres que evoluem seus plúmbeos volumes ::: o inverno ou o verão (se revelam (ou se rebelam (ante o impacto de duas massas de ar que estão em guerra ::: *cumulus* (*nimbus* ::: são vapor puro seus sísmicos mecanismos de pingos (movidos às vísceras cíclicas da hidrologia ::: toda a blindagem lacrada aos fenômenos da meteorologia ::: as gotas como sistêmicas agulhas da acupuntura úmida e lúcida que o alívio de um dilúvio inicial salpica sobre os poros do solo ::: porque depois virá a água pulverizada às toneladas (largada do radioso hangar da atmosfera da Terra (onde os vários níveis do velame reverberam ::: brancos como membranas nascidas de braços climáticos ::: ventos abertos as criam no céu (mordaças aladas (debruçando açúcares do novelo diáfano e solúvel das chuvas ::: por vezes assíduas no verão do sul (severas na invernada do norte ::: espécies de seda inflada fremindo módulos vaporosos ::: a tamanha fumaça fria que dança desprovida de vértebras ::: as engrenagens da tempestade agem engravidando absurdos ventres pluviométricos ::: um gélido gigante modelando o inverno interfere no áspero sintoma do desalojado planisfério (sob as extremidades de ventos severos (intensos (nervosos (venéreos como no inferno (são ventos por dentro (tremendos ::: em alto mar as mais baixas temperaturas se amarram a uma larga e unitária mordaça ::: o clima declina em crise física (toda altura é esta estranha úlcera convulsa como se fosse ininterrupta a pintura de *William Turner* ::: "por quanto tempotufão tão nefasto estará afastado da costa?" ::: os metereólogos não logram resposta ::: na pura fúria do *Caramuru* (todas as danças da chuva juntas (em belicoso conjunto proposto por tribos ocultas (avultam e nublam o horizonte profundo (para o absoluto assombro de reinados navais (barqueiros nômades e navegadores autônomos (e nunca (jamais (saberemos para onde (ou até quando ::: e agora, *Joze* (*Pereira*)? se Calicute não te escuta (se o pombo-correio jaz sepulto em sua miniatura de tumba (se resta anêmico o único anemômetro (se está louco o lôbrego pluviômetro ::: e agora, *Vasco*, *Pero Vaz de Caminha*? a quantas anda nosso Caminho das Índias? (para que te presta (tempestade eterna (senão para frustrar nossa conquista marítima mais íntima? senão para derrubar sobre nós (além da maresia carnívora que penetra pela fresta todo o dia (sua voz ressoada na foz dos trovões e iracundas colunas d'água ligando o mar à mais aérea nódoa,

senão para nada? (::: (

que vento, tormenta, qual
embargo causado pelo caos
atravessou o aço deste barco?
qual a história de seu rapto,
de sua carcaça aprisionada
ao arrecife, pelo casco?

terá afundado em álcool
— em rum, a nau afogada —,
no premente e estrepitoso
jorro da única talagada?
terá sido enfeitiçado
o capitão embriagado
pelo canto da sereia
ou pela água envenenada?

pois saibam, sujos marujos,
que até assim se naufraga,
e onde esperaríamos o gênio
realizando desejos, resta a
miniatura delicada da fragata
prensada através do gargalo,
presa ao interior da garrafa;

haverá outra escolha (brinquedo
camuflando o medo – mero modelo)
senão estilhaçá-la ao peso
do arremesso (pequena parcela
do mar ou a própria alma
sequestrada) a singela peça
do artesanato naval, minuciosamente
trabalhada ou frágil granada
lançada contra a parede da sala?

cercada pela tempestade que ameaça
sua secreta falésia de pétalas
toda e qualquer ilha, o mesmo símbolo
em todo ímpeto que habita, o mesmo nível
em todo mar que ataca a pedra:
a mesma meta
correnteza perpétua
se há algo que a ilha renega e é eterno
(refundando o deslimite)
é esta névoa
que atraiçoa seu único insulano,
um passo em falso :
entregue à queda

poliedro : elo geométrico, ileso e sereno,
mas frágil porque age nele — dentro, entre
seus centros — um mecanismo de degelo,
uma engenharia mínima, de segredos | eco-luz
secreto e cristalino, úlcera de brilho, a relíquia
de sua velha matéria é fóssil onírico, vidro divi
nizado, labirinto destilado, intacto e ancestral
| memória de luzes milenares, plano perpétuo
entronizado em excêntricos reflexos | este objeto,
séptil, enterrado sob o gelo, sendo gerado em
útero perverso, fecundo, o ovo nele contido

| de réptil

(?)

(O) (O)\V/(O) |\N\|(O) (O)\V/N/I|)

"ovo/ novelo/ novo no velho
[...] mero número do zero"
Augusto de Campos

(((((( ))))))
((branco como osso
((um hibernáculo monstruoso
((ovo do *alien* no óvni ((o ovo da ave
na nave ((mas isso é o que não se sabe
(entranhas do cálcio enxertadas ao claustro
(((hermético cárcere lacrado à quase-esfera
(*hibris* aprisionado à ostra (alabastrina cápsula
para guardar o âmago na câmara ((membrana
clara o invólucro ou casulo ((óvulo recluso)) na
fragilidade do vidro (((sono anônimo do bicho)))
no ninho (((ainda mínimo (((escura urna fecunda
o módulo úmido dentro ((útero (ou) átrio)) globo
inoculado à cópula))núcleo))novo ou podre)) o corpo
geométrico de uma única pálpebra integral)) vísceras
o revolvem))porque está vivo)) bomba-relógio)) objeto
biológico cuja origem sugere a viagem ao zero)) e uma
antiquíssima ou nova espécie)) mas isso é o que não
se sabe)) até que rache)) choque)) até que mostre))
se animal alado ou aquático)) lagarto ou pássaro))
escama ou pena)) asa ou barbatana)) ou outro))
mutante)) transmutado)) serpente ou ave
fênix)) que saia de repente)) e que do ovo
ecloda)) de novo)) este *oroboro*))
((((((((((( )))))))))))

sem que saibamos,
há algo sendo gestado,
sempre, segredo ou não,
o ovo chocará
sem que saibamos
o que virá - monstro
ou anjo - esse híbrido
feito de tudo aquilo
que desejamos sem saber
e do que queremos,
conscientemente;

a casca deflagrada
— da superfície lisa
à profundidade áspera -
o resto, o rastro
— na água ou no raso -
rastejante ou alado
e instintivamente faminto
por nossos desejos;

sibila, vilipendiado,
tal vampiro anfíbio
(fibroso xenomorfo)
desde sempre alojado

em nosso fígado;
até quando
fingiremos desprezar,
interno \ monstruoso
(a carne soterrando
o pântano do sangue)
o nosso próprio
urro primitivo, a voz
desse bicho, seu
violentíssimo
grito?

ao vogar sobre nuvens de grande
volume numa altíssima altitude
(afora o fato ocuparem assentos
no centro de uma caixa de aço,
pressurizada), o que este pequeno
grupo de passageiros cumpre, sem
se dar conta, separado por mais
de 500 anos na história humana,
é o itinerário contrário ao das
grandes navegações | por horas
estiveram a trinta e nove mil
pés sobrevoando o seio do oceano
e o que não poderiam suspeitar
é que muito abaixo de seus corpos
suspensos pelo calculado abracadabra
da aviação comercial, espreita/ espia
todo o panteão marinho, o rei/ a rainha,
o séquito de sereias, e servos observam
lá no alto, pelo filtro largo deste
espelho d'água, a linha reta que
a queima do combustível desenha
acima de suas cabeças que borbulham,
submersas | há templos de pedra,
secretos, entre fendas e cavernas,
para honrar todos os desastres
aquáticos e naufrágios, e se todo

o aparato ligado para assegurar o voo,
mesmo que apenas por alguns segundos,
desligasse, trazendo à realidade a pane,
justamente sobre a fossa de *Romanche*,
ao contrário, bem abaixo, no coração
aparentemente cálido de todos os mares
interligados, essa multidão de monstros
afogados que os aguarda agarraria com
unhas dentes garras bocarras escan
caradas toda carne lançada ao *Kraken*
que mastigaria sangue e osso, sólido
e aquoso, cada parte estraçalhada,
da incauta turma a desafiar, ingênua,
o intransponível abismo entre o novo
e o velho mundos | até que um dos mem
bros do grupo de passageiros, sacudido pelo
solavanco causador d'algum vácuo dentro
da aeronave sente, angustiado, a catapulta
que de dentro de seu pesadelo horrendo
o empurra do sono à vigília, da coluna
à nuca, e desperta, com um berro seco,
assustando a todos, mas estranhamente
sereno, no domínio do seu próprio medo >
corta para > tudo vibra [!] todos gritam >
[é quando caem as máscaras de oxigênio]

enquanto o mar reclama, no amor
em que pacificamente recolhe
sua parcela mais calma e ampla
à face de espelho tão plácido e plano,
Poseidon calado trama (da sub
marina treva) suas táticas de guerra,
- tem o tridente como arma secreta,
tripartida seta - contra todos os
que habitam a superfície da Terra;

seu único estratagema é fazer
com que todos os descendentes
e filhos, vis, primeiro derramem
todo sal marinho circulando
em seus organismos ímpios,
em seus próprios corações e almas,
toda e qualquer lágrima revele enfim
a presença latente de sua própria
saliva grossa e espumosa, a baba
escorrendo pela barba - o gosto
do sangue também é salgado e
metálico - como ondas largas
de pavor e desencanto, ameaçando
pouco a pouco o ancoradouro,
outrora tão seguro, de nosso júbilo
e regozijo, todo arroubo mais pro
fundo, derrotado rumo ao nada

VIAGEM FANTÁSTICA

para Julio Verne e Harry Kleiner

toda profundeza concebida pelo homem
– conquistada ou ainda inexplorada –
sombria, ameaçadora ou prodigiosa,
toda mais longínqua profundidade,
recriada imaginativamente por séculos,
jazendo a apenas alguns centímetros
da superfície da pele, sob a trama de
nervos que segue a construir os sonhos,
da medula ao cérebro humano, esse
antro *chiaroscuro* – esponjosa massa
cinza sob o osso do crânio duro;

pusséssemos numa seringa hipodérmica
a miniatura de um submarino nuclear
mergulhado em solução fisiológica e
injetássemos corpo adentro a peça
a sangue frio, navegaria submerso
com energia suficientemente gerada
para zelar sempre, sem erro, sem medo,
pelo mais perfeito funcionamento?

por quanto tempo seria capaz de estudar
nossas fossas abissais, internas,
nossas zonas de guerra, onde glóbulos
atacassem micróbios entre outros
vírus e furtivos inimigos batalhando
em tantas trincheiras de carne e nervo?

no fluido da medula, no sangue
que circula, tanto *Nautillus*
quanto *Proteus* completariam
a inusitada esquadra : as vinte mil
léguas submarinas enfim vencidas
na saliva sob nossas línguas...

ígneas enguias bicéfalas
se entreolham, tresloucadas

com guinchos finíssimos, unís
sonas, ensaiam o silvo coletivo
e quase enguiçam no líquido re
buliço, agarradas em algazarra

parecem aparvalhadas na água
como certas larvas aneladas
recém-saídas dos ovos;

ascendem os olhos de fósforo,
ardendo aos milhares, em pares
contra o breu inóspito

faróis cujas luzes
lançam fachos quase sólidos
para o horizonte subaquático;
orquídeas submergidas
eletrificam a língua sibilina
das enguias que se esquivam
das lanternas ou dos esguichos
de alguns exímios escafandristas
e fogem
          para o raio que as partam

nota:
mas pouquíssimo antes disso
tiveram suas almas
registradas em vídeo,
para Cousteau, por seu
melhor cinegrafista
em seu milésimo mergulho
de scuba (o *Aqualung*),
sob uma falésia da Catalunha

até que o atávico e elástico
arrasto o reparta entre as omo
platas e vincos cor de vinho rodo
piem, redivivos, à pátina sangrada
de seu único termostato platinado
a mostrar graus que decaem e gradual
mente degradam ou retrogradam
à sua temperatura corporal,
atravessa essa carcaça de baleia,
presa ainda à densa profundeza,
como aquela a que outrora a vida
do próprio Jonas esteve prisioneira;

enguias albinas símiles a colibris
deslizam suas asas de barbatana
ante a dança surreal de anêmonas
à sanha de todo o atônito plâncton
jorrado do nascedouro ao oceano;

aqui toda semântica marinha
apenas se resume à capacidade
de resistir aos elos de uma
corrente invisível que repuxa
braços, músculos e ossos, des
guardados por quaisquer dos lados;

das marés da pele outrora a re
pelir o suor em tempo quente (as
praias banhadas por suas lágrimas)
à sanguínea lama que murmura lá
no escuro do fundo em tumulto ~
do mar corporal onde se ganha
e perde toda sôfrega esperança:
de terra firme e porto novo
~ no outro ~ ao eloquente pélago
sussurrando a ladainha de sua
lamuriosa romaria angustiada ~
fracassado finado de encontro ao
nada, boiando entre navios-fantasma;

o cadáver devorado por tubarões
largos e oblongos robalos a rebolá-lo,
cada globo ocular um manjar servido
na bandeja da caveira, alimentando
miniaturas de cardumes beliscando
a polpa ~ do olho ~ pouco a pouco,
até que a carne toda se abra
nessa cicatriz contrária que alastra
seu destino final ao máximo, a total
dissolução no sal; o mar aqui como
o maníaco meticuloso aplicando ácido
muriático ao suculento defunto absoluto

de sua repetida vítima preferida;
todo ar há tempos exaurido, o corpo
sangra no abismo do martírio ~

a palavra mar somada ao metafórico
tiro desse afogamento explícito ~
assistido pelos que miram do tomba
dilho um homem debatendo mil cilindros
infiltrados pelo viscoso líquido salino
que lhe extrai o viço/ o ritmo/
o abafado grito ~ todo oxigênio
expulso num único esguicho, remoendo
os trépidos membros por sob
o espelho d'água, que finalmente acalma
em derradeira lástima e cala o rebuliço,
o cio, o som outrora vivo, do sino,
o gorgolejo que dubla na voz um grito,
mudo e úmido, nublando o orgulho;

alguém ~ nenhum outro ~ ou ninguém mais
pode contar do mar (seus atrasos /
seu retardo) que este mártir afogado
tão íntimo da água gelada e salgada,
as algas a enrolá-lo como mortalha
jamais servirá para mais nada, concluído,
desígnio findo entregue ao limbo

reluta suplantar o trauma
a viperina nereida vilipendiada,
subtraída das águas pela consecução
dos séculos neste reinado de trevas
– mastros apontaram no horizonte
como arpões e espadas fincadas
contra o mar (sobre suas espáduas),
eterno desfile de homens e armas -
sua progressiva guerra secando
a Terra, navegando e pilhando
~ corais ~ seres ~ riquezas ~
egressos daqueles édens submersos

lúgubre, Cthulhu também reluta
(oculto/ recluso) ante o compli
cado cálculo dos próprios tentá
culos e neles se entrelaça na tra
ma que entrança barcos e náufragos
contabilizando resultados brutais
sob o exultado álibi para encher
tamanha pança, tantos torçais

é quando os oceanos conclamam
a sua vingança, assombrando
quem quer que nele lance redes,

naufragam corvetas ante a vendeta,
a reconquista de sua natural herança
— toda a prata que afundou, baús de
ouro e pérolas roubadas sob a água -
na justa aplicação de uma sentença

que venha a ferina fêmea, metade-
peixe-metade-gente, venha a última
das filhas de Dóris e Nereu onde
quarenta e nove irmãs a precederam
e exaspere em delírio seu lívido balé
marinho ante o vindicativo leitmotiv

que ressurja, esvoaçante, translúcida
cândida e úmida, o visite, gelada,
em sonhos molhados, como os do menino
que mirou no pélago as tantas léguas
a perder de vista e viu tetas e glú
teos e sumo e sêmen jorrado do leme
que faça do sexo um desafio impossível
às leis da física, provoque os mais
longos orgasmos além do tempo e espaço

que incite a sede, instile seca
a saliva, prometa oásis na salina
enquanto a ceia rareie à mesa -
arenque e carne de baleia, atum
e burbom com fartura - deste jurado
marujo que definha à mingua recri
minando a carestia ao estoque de rum
que esvazia e mine seu melhor juízo,
rasgue o linho do mapa antigo, es
traçalhe a carta náutica, na bússola
destruídas a agulha e o ímã,
o norte destituído do caminho,
o sul somado ao mesmo prejuízo
e assemelhe-se na cara a aparição
ao camafeu de uma paixão passada,
que o capitão, apegado, guarda
sempre junto da costela quebrada
acentuando a dor, que não passa à cres
cente umidade dentro e fora da fragata

talvez assobie a sua noiva-fantasma
então rápida, volátil, saque a
atávica faca, ocultada sob a concha

da axila desta aquática, nefasta fada,
tremulante como alga, alma penada,
ou a própria miragem da mulher amada,
e o apunhale no coração, armada,
a espada contra a carne trespassada

já vai um outro, do tombo ao poço,
corsário louco, pirata morto
que alucinou sob a lua, quiçá
consumido pela culpa (o revanchismo
secreto sob o signo de um terrível
feminicídio) seu cadáver à deriva
vai sumindo, absorvido por pei
xes carnívoros, além da linha
do horizonte ou do destino, indo,
muito além do tombadilho

venha, submersa fera,
egressa do obscuro fundo
de tudo o quanto se pode
conhecer longe da luz

remexe de súbito teu
bucho bruto e profundo
e engole de uma só vez,
sujo, esse nosso mundo

trôpego monstro capaz de atro
cidades, destrua-nos a todos nós
dia após dia, nas mais populosas
metrópoles, entre outras aldeias menores

mata sua fome em nossa morte,
bebe nosso sangue em sua sede,
sê benevolente, mete de uma vez
os dentes e mastiga, inteira, a nossa dor
quimera marinha, banhada pelo lacrimoso
halo de toda nossa mais crua agrura,
rebola teu hálito de peixe gorduroso
por sobre nossa suposta bravura

com sua truculenta lenda, inunda de receio
nosso mantra: sê benigno conosco em nossa
altivez terminal, lança-nos o último tsunami
enquanto o apocalipse bíblico via oceano pacífico

venha a nós, arauto da fúria divina ou demoníaca,
mostra-nos atrás da bocarra tuas amígdalas,
socorre e recolhe nossa sombra moribunda
com tua saliva, acode-nos da insípida sina
malogra todo o orgulho megalômano do Homem
com teu nodoso e salobro vômito, ronda as ilhas,
assusta as tribos, são lâminas tuas barbatanas de iguana,
da úmida penumbra escuta nossas súplicas inconclusas

com teus enormes olhos dalguma cobra ancestral
das mitologias espreita as pequenas vilas, são repositórios
de vítimas, saboreia os cadáveres crocantes
de tantas crianças, banqueteia-te de nós a céu aberto,
temos deliciosos ossos, são órgãos nosso recheio

gigante submerso, tenebroso e sombrio,
mil cascatas frias fazem-te escorrer pelas costas
tamanho visgo, mosaico de suores, licores sobre
o negro macramê de escamas, mergulha na lama
do mar salgado toda palavra fraca, vã

repele a humanidade absoluta como o único
e detestável verme, cura nossa febre, nosso ego severo,
atroz é nosso cérebro, revela em nós todo demérito
enquanto espécie sobre a face da Terra, parte estes
exércitos ao meio com teu semblante velho e austero

com tua baforada de fogo e enxofre, como a dos dragões,
ergue nossos navios de guerra, aniquila as ridículas
marinhas, os arsenais em terra, as esquadras navais
e aéreas, que não nos servirão mais quaisquer armadas...
revela-nos o juízo final, enfim,
Godzilla!

há milênios congelado no ártico da própria alma,
o insano bloco de gelo encapsulando o núcleo frígido
daquele que preferiu refugiar-se nesse imenso palácio
emerso das próprias mágoas afogadas, e lá,
Leviatã sob o globo, degelá-lo lentamente
para alimentar o inesgotável estômago
deste animal interno cuja carcaça ancestral,
guarnecida por mil tentáculos de aço,
há tanto naufragada nos arrecifes de bile
sob oceanos nervosamente tingidos de amarelo
entre álcoois salicílicos e o salobro veneno do óbvio

agora que o violento lampejo aqueceu até derreter
a crosta desta jaula maciça onde esteve preso
o monstro por tanto tempo, que suas lágrimas se
misturem à água salgada onde se arriscam,
ariscas, perigosas camarilhas de águas-vivas,

lagostas~polvos~lulas
entre medusas-da-lua
(que estrebucham)

enquanto calamares
espargem nanquim
do mar à página

primeiro surgem borbulhas simples,
quase serenas, mínimas, emergindo
inofensivas, mas algo virá depois,
muito maior, da profundeza,

ameaçar ~ corromper ~ destroçar
uma a uma,
mesmo pequenas
e excêntricas,
as nossas certezas e crenças

até que a treva vença
definitivamente
infiltrada
em nossa essência

quais avançadíssimas tecnologias –
engenharias navais/ oceanografias –
dominariam o submundo marinho,
para suprimir inteira, a inarredável
necessidade da superfície terrestre?
abandonar decrépitos continentes/
refundar o mundo, novo, à bordo de
um sonho, ou do submarino eletrônico;

reclamar do tenebroso lodo
(conformador do sólido todo)
sua parcela salina e aquífera
para sobreviver, neste périplo,
entre as mais temíveis feras:
domar o Kraken, matar a quimera,
aliar-se à Poseidon, dono do mar,
juntar de Lakshmi, só as lágrimas;

["Capitão! Meu capitão", Nemo,
toma o timão | ergue o remo!]

superar a dor de um aborto prematuro
para renascer no útero proveitoso
de todos os oceanos juntos, inundar
a alma, mergulhar na prolífera crença

de que, enfim, é possível desistir
de montanhas, rios, desertos, florestas
para desaguar no definitivo mar -
lar de todas as viagens imagináveis;

["Capitão! Meu capitão", Nemo,
toma o timão | ergue o remo!]
o meio líquido como o paraíso perdido,
escafandros como anjos, resgatando
o fator humano! conclamemos pois,
em nós mesmos, nossos próprios Nemos!
para mergulhar e desvendar nos espelhos
das nossas profundezas e medos,
não como narcisos em rasos copos d'água
se afogando em parcos problemas corriqueiros,
mas como renascidos de um dilúvio bíblico,
entre a arca e o submarino, como híbridos
e anfíbios, habitando o próprio abismo, entre
as trevas e o braseiro: caminho do meio e,
como Nemo, sejamos eternos primeiro,
supremos e extremos, depois meros mortais,
perecíveis, terrenos "Capitão! Meu capitão",
Nemo! (no molhado ou no seco) envolvendo
de carne & lástima ~ de graxa ~ de escárnio
& sátira, as pobres caveiras que seremos;

"Capitão! Meu capitão, Nemo!",
ao mesmo tempo irado e tão sereno,
por que é sempre tão difícil
à relva, às ondas, ao vento,

dizer adeus antes do exílio?

uma garrafa aporta à praia, vazia,
decerto espoliada do mesmo nau
frágio de que ele próprio fora vítima;
a sobrevivência árdua, a solidão
da ilha impregnam palavras na fibra
com a qual trabalha à tinta
seu pedido de socorro, em rimas,
escrevendo este mesmo livro
em pergaminho

como não descobrir-se poeta
todo aquele que naufraga,
entregue à desolação da alma?
e desde que escasseou
o coco, a pesca, o sonho
do resgate iminente
restam apenas palavras
recolhidas na madrugada
como orvalho sobre a palma
o sal do Leviatã temperando a lenda

a garrafa é atirada n'água
com a força que dobra o
braço quase até quebrá-lo
mas resiste em riste

ao vê-la, longe (o âmbar)
afastar-se das margens
o brilho verde do vidro
ondulando na espuma branca

anos se passam
décadas em que
lhe crescem cabelos
unhas pelos caem
dentes subtraem-se
à avara cara amarelada
(magra / insone)
por desvario ou fome

e como miragem
vinda do horizonte
não sabe bem de onde
vem voltando lenta
a mesma garrafa
a mensagem ainda lacrada,
incólume e seca, abraçada
pelo vidro, protegido papiro,
até rolar na areia
para perto de onde
é possível vê-la

e quase lê-lo, dentro,
escrito, o grito silente
(um livro inteiro)
grafado por desespero

é quando aprende:
peremptoriamente
não há nada além
da curva do futuro
da fronteira da esfera
além da espera e do mundo
que decerto inundou todo
apenas o inominável monstro
devora com gula
as sobras à deriva
deglute ~ debulha ~ engulha
e a um só estoque os engole

e tudo que ainda flutua,

Crusoé,

um dia

afundará

MITOLOGIA-REMIX*

* Os poemas "a noite", "jorge na sarjeta", "Hermes da avenida rio branco", "caduceus da rua da candelária", "vitória da samotrácia" e "violência doméstica"" são inéditos; Os poemas "METRÔuroboros" e "khepri, o escaravelho-sagrado" (versão para o poema "besouro") foram publicados, respectivamente, em 2012 e 2013 na revista eletrônica Mallarmargens; O poema "cosmogonia sonora da indústria" foi publicado em CASA DAS MÁQUINAS. O poema "Katarsis na Wayne Enterprises" foi publicado na antologia Escriptonita: pop/poesia, mitologia-remix & super-heróis de gibi (2016); O poema "Quetzalcoátl" foi publicado em O SAL DO LEVIATÃ.

para Songül Boyraz e Peter Höll

haveria Tinguely criado d'algum Oroboro um robô (ou mito), o moto perpétuo, ininterrupto híbrido?

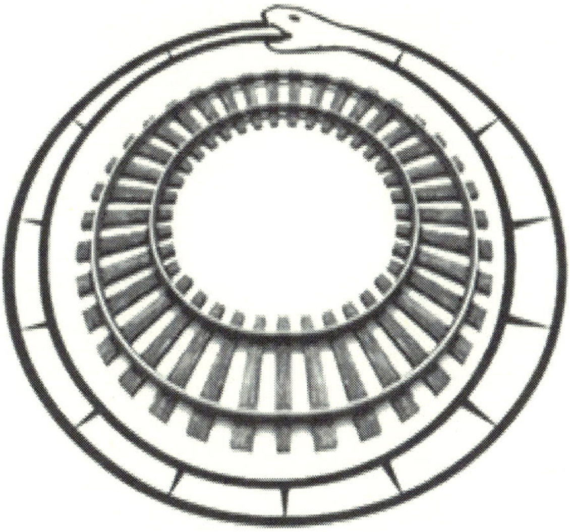

os carris indestrutíveis por sobre cujas margens sedimentadas de argila (feldspato e bentonite em sutil granulometria) reside, automática, a antiga solidão desse bicho, que, se oriundo d'alguma literatuta oculta, agora sofre um retrofit no signo, torna-se híbrido: metrô e mito : Trem-Serpente, da *Quetzalcóatl* à *Cobra-Canoa*, de *Equidna* à *Unktehila*, uma rara espécie de quimera, de que quaisquer outros seres referentes seriam o único e mesmíssimo espécime (pele vítrea e escamas de inox, há o *Dragão de Vagões*);

adquiriu por milênios um aprendizado curioso (ao tornar-se discípulo de um camaleão de mercúrio), o dessa estranha blindagem capaz de disfarçá-lo, indistinguível de um elemento completo do trem elétrico mais moderno, e como Jonas houvera habitado as entranhas de um mamífero marinho, eis seus estômagos, cheios de gente (vivendo lá por dentro aventuras terríveis, entre o necessário transporte público e um épico terreno); seus troncos unidos por torçais, aparentemente metálicos, são ônibus de um comboio subterrâneo; no hábito alimentar do ávido animal, famígero pela fome, cabem (anônimos) todos os trabalhadores em trânsito na hora do rush urbano; seu ventre contínuo eriça (as mandíbulas na barriga) sobre os trilhos íntimos onde escorrega pelas vértebras, regurgitando carícias doloridas movidas à energia limpa; seu grito (inaudível da superfície da metrópole porque vestida em seu casaco isolante de asfalto) é algo entre um silvo de fábrica e um estrondo de corrediça sem graxa; brinca com esferas e alcachofras de minério, caça as próprias plumas de poliuretano; o *looping* do réptil mordendo a própria cauda, ou a cabine bicéfala do maquinista siamês, habitando, simultâneo, dois postos de comando, colocada em rota da colisão consigo mesma (entretanto suspensa, sempre, porque apenas em potência); monstro que persegue eternamente (para alcançá-la jamais, nunca chegar lá) sempre a luz adiante, no fim do único túnel

primeiro
a baunilha ignígena
estraçalha
a claridade
como a uma ave
desossada
em pleno ar

é hora
dos anjos
fabricarem
o desastre

perderem as asas
numa colisão áspera

é hora dos voos
revogados ou
da navegação
por aparelhos

e instrumentos
excêntricos
entregues à pane
e aos extremos

púrpuras e roxos
pouco a pouco
violam o
azul claro
esfriando
o forro morno
que aqueceu o dia
por horas a fio
sobre a cobertura do clima

o céu que esteve
tão aceso
por algum tempo
finalmente fenece
em gradativa despedida
enquanto arde
neste fim de tarde
a escuridão anunciada
em compulsória familiaridade
com a última chama
do sistema solar
(que porventura virá)

eis o que o horizonte
consome feito monstro
cínico e faminto:
uma réstia do dia

o alarido dos vivos
dentro em pouco
não dará
um soco

virá o cansaço
abraçar os corpos
zonzos pelo assombro
das buzinas, que,
tendo contaminado
a memória, precisam
que ela agora expurgue
toda a poluição sonora
alojada
entre ossos porosos

virá o sono
desafiar a vigília

muitos lutarão
contra o torpor
à cama vazia

mas adormecerão sozinhos
à mercê dos terrores noturnos,
do medo do escuro

buscarão o idílio
mas viverão na sua
antítese,
o pesadelo
que trancafia

sob alguma
dívida indefinida
a promessa
de um novo dia

ainda assim, *Morfeu,*
esse deus do adormecimento,
virá colher com desprezo
tantos fantoches
inertes pelo esgotamento

fará da sua arena sonolenta
(que a todos iguala)
seu pomar de fantasmas
balançando no sonho

e fará do receio
de jamais acordarem
— almas inquietas —
sua brincadeira predileta

são trompas de foguete incendiando o expediente
o som do reator; reproduzir sua sucessão de
estrondos dos mais indômitos, o imbróglio por
sobre o qual se arvora sua trilha sonora, exigiria o
colossal esforço sinfônico, uma orquestra montada
com instrumentos de sucatas monumentais,
a tuba da mais absurda largura, um quilômetro
de carrilhão de sinos, o tímpano no tamanho
de um comboio ferroviário; na hierarquia de
tal regência irreal, emprestada da mitologia,
thor, o deus da solda, o mais sério funcionário de
hefestos, ferreiro épico do núcleo terrestre e
chefe da metalurgia telúrica; manejam centelhas
nas fornalhas da caldeira do planeta, liberando,
pouco a pouco, o combustível que sustém, prisio-
neiro, um incêndio de milênios; *hermes* ou *mercúrio*
(patrono da indústria) trabalha bem atrás, último
na tuba; um nos tímpanos, outro nos sinos, e todos
na funilaria de uma poderosa conjunção de metais;
de suas fidalguias de sangue e trovões escorrem
folhas de flandres; e o som do reator tem o peso
ensurdecedor deste enérgico conjunto de martelos

lacres que nunca abrem/
(o seu nome, egípcio ou árabe?)
asas que nunca exaurem/
zunem como jactos à álco-
ol, apesar de incompa-
tíveis com o volume
do seu bôjo (nem beijo/
nem ouro, em que pese o
trissílabo: be-sou-ro) e rola
a bosta sem nôjo (*aberrojo*);
alado, tem pinças no lábio,
garras ladeando o tronco,
cobreado ou ferroso, as cores
da própria terra o recobrem,
(mais um deus-bicho entre
homens que, como outros, foge,
mesmo o escaravelho jovem);
de élitros laterais, artrópode,
ágil artífice da flexível
blindagem que o protege de
quaisquer óbvios golpes,
e ainda assim se hospeda,
(independe da espécie a que
pertença) debaixo das pedras
crespas, como se esperasse
haver hotéis cinco estrelas
entre estas desérticas gretas

seus solados descalços num escalda-pés no asfalto de quase 40 graus/ o couro duro do calçado-dos-pés-mesmo-nus não queima as plantas/ são palmilhas antichama recobrindo dedos/ o metatarso desproporcional/ o calcanhar-já-quase-uma-couraça cuja tarefa é soerguer o móbile do esqueleto magro o espantalho de tão curta estatura/ o gris sobre o negro/ guerreiro na armadura da própria carne/ sobrevivendo à pobreza e ao desprezo/ desapegado de tudo mas pregado à vida como numa cruz feita de entulho/ pobre *avatar* de *orixá*/ a alma vilipendiada, aquartelada entre quadras de tráfego compassado/ veste roupas usadas/ arrasta o andrajo rasgado mantendo meia dúzia de coisas sob tapumes úmidos papelão mofo jornais amassados/ a manguaça como único anestésico cobra dele a embriaguez/ como quando cambaleia na encruzilhada até se ver atropelado tantas vezes que nem lembra/ perdeu a conta do quanto o espancaram/ seus pés e perna esquerda quebraram/ a cabeça abriu/ ou o quanto sangrou naquela esquina do bairro/ foi dado como morto por seis meses / então reapareceu/ disse que estava num abrigo/ mas na curimba em frente o louvam de ouvir dizer/ sem conhecê-lo sem saber seu cheiro seu hálito pesado perfumado à cachaça (e fumaça) e cachimbos (e paganismo)/ seu nome civil ninguém sabe ninguém viu/ seu seguro social seu número de identidade resta chamá-lo jorge/ só jorge de

dormir na rua dormir ou naquele tal abrigo/ tudo depende
da boa vontade do inimigo/ esquinas recobram na memória
a dor de uma infância perdida em Salvador entre outros
traumas que o trouxeram para o sudeste nos anos 70/
agora ou na próxima hora jorge já é um senhor ou será
o saci-pererê, o faz-de-conta da meia idade parece não fazer
diferença/ daqui a uma hora, embriagado, jorge clamará o
carnaval declamando sambas de quando era menino/
declarará jogadas de xadrez/ comerá o bispo na porrada/
roubará a rainha, deposto o rei/ diz filosofia/ pergunta
sempre pela dona maria, por pessoas da família/ viu
crescerem crianças de colo em adultos netos titulares
adjuntos/ o mesmo dialeto mulambo (passados 38 anos)
de corruptelas cultas e chulas dalgum *exú* em júbilo/ seu
lar é a rua da amargura/ nenhuma ruptura dura o sufi-
ciente para sulcar-lhe uma única ruga/ "salve jorge!"/
slave george!/ jorge -"suma, seu mendigo!"/ jorge -"fique,
meu amigo!"/ jorge, fuja da classe média/ jorge salve-se de
nós algozes sempre camaradas relegando nossos trapos aos
teus terrenos baldios doando pequenas coisas desneces-
sárias espelhos lençóis velhos as piores meias e camisas
puídas fardas antigas pro teu closet debaixo da marquise/
porque relendo as linhas acima escrevo uma última e
sôfrega estrofe na refrega do poema invocando esse santo
pobre/ entidade de umbanda e candomblé/ foi matador

foi intérprete de samba foi homem foi rato molhado foi do
morro dos macacos que saudade desse amigo sujo desde
de que fugi da zona norte não o vejo será que morreu dessa
vez?   velho jorge   cuidado   fuja   meu grande amigo
fuja até dessa minha saudade

HERMES DA AVENIDA RIO BRANCO

(i)

apartado dos passantes na calçada,
o vulto que apenas se insinua
é uma aparição que luta
contra o *frisson* da rua,
o barulho da urbe,
o labirinto público;
o que exige este gênio - ou ícone,
por hora apenas submerso
no burburinho do caos diurno,
ou recolhido à sua pétrea cripta
é que vençamos essa neblina fina
entorpecendo os sentidos,
para que aí sim seja possível vê-lo

– EI-LO, uma pintura –

aéreo, é *Hermes* de corpo inteiro,
surgido no teto do saguão interno,
ocupando tal patamar, único degrau
guarnecido aqui pela nuvem do *Olimpo,*
protegido aí do frenesi nocivo,
da incessante atividade humana
deste epicentro metropolitano

(ii)

ao comum transeunte urge
alterar o ângulo de observação
(viciado, até então,
no interdito horizonte
ou na visão do chão)
por outros graus que abranjam
os céus de onde tantos relevos
emergem, multiplicados, preenchendo
a pedra na simetria das fachadas,

nesta, por exemplo, onde um conjunto
de barcos compactos, quatro,
e cinco atlantes ladeando,
têm por mastros caduceus no centro
– vogam entre mundos, o nosso,
sólido e, vaporoso, o dos mortos –
saídos da amurada aparecem apenas metades,
só as proas vencem pelo frontispício
deste velho prédio, austero,
como se atravessassem a áspera matéria
mas carregando a promessa
de que seguirão navegando, ou
mergulharão (como atingissem o limite,
a queda-d'água do fim do mundo)
no poderoso pélago de todo o mistério

CADUCEUS DA RUA DA CANDELÁRIA

plantados cara a cara, vizinhos de parcos passos
portam a mesmíssima marca, estes dois edifícios
(ou seriam *narcisos?*), como se visassem através
dum velho espelho, um no outro, símbolos do mesmo
emissário; o Palácio do Comércio (ou a Casa do
Empresário) contra a atual Fundação Getúlio Vargas,
ambos a escassos metros da Igreja da Candelária
e duma praça dedicada ao Papa Pio X (na verdade,
antes do pontificado, chamava-se *Giuseppe Sarto*);

cada qual de certa época, os dois imóveis despertam
nos vértices distintos do mesmo prisma o segredo correlato;
suas existências se estranham, simultâneas, e se completam,
dadas à mesma chancela cutânea, usam *Caduceus* aproximados
(do eclético ao *art déco*), bastante distintos no formato, como
o mesmo significado líquido ocupasse dois diferentes vasos;

no lado ímpar desta rua larga dada ao pedestrianismo,
se postam dois enormes cetros eretos, em baixo-relevo,
fundindo-se mesmo à matéria deste grande prédio; enquanto
cá deste lado montam guarda, ladeando a única entrada,
como no Antigo Egito, lá do outro lado, par, são pequenos
detalhes, delicados como relicários, decorando o alto de
cada um dos enormes portões sobre cornucópias em trança

VITÓRIA DE SAMOTRÁCIA

dama sabotada, *Nice* da Samotrácia
– inventariada pelos clássicos –,
sem braços, só asas, a cabeça decepada,
presa ao abismo das coisas inanimadas;

e já que tudo urge (todo tempo é curto)
pelos corredores do *Louvre*
é porque foste mesmo a deusa ávida,
amante perene da velocidade metálica,
detentora da vitória em toda batalha;

na audácia de teu voo cego e secreto
apenas quando a descrevo me reergo;

se quem erigiu-te no Egeu
para sempre desapareceu,

filha de *Palas e Estige,*
senhora de ímpeto e estirpe,

que na minha memória fique
a glória pétrea e aérea de tua efígie

VIOLÊNCIA DOMÉSTICA

"se o penteado esdrúxulo
de bruxa absurda
são cobras exóticas
pendendo, lúbricas,
pela nuca (como tênias
vilanescas), onde em ti
se aninham os guizos das
víboras temidas quando
estás nua, *Medusa*,
senão bem fundo na
túrgida bunda, entre
nádegas tão juntas? "
o herói se pergunta, en-
quanto se masturba, contra-
indo os próprios glúteos;

"agora que não rebola mais
como as cobras se locomovem"
(terá sido recalque do jovem?),
seguirá atônita, pobre górgona
ctônica, desde que soube, no
post mortem (a vilã dita calipígia,
vítima de toda a injustiça
– uma das três irmãs anfíbias,

com *Euríale* e *Esteno*, filhas de *Fórcis* e *Ceto*), que a sua cabeça, arrancada com golpes de facão (foi com a espada de *Hades*, na verdade), sempre pertenceu

só a *Perseu*

KATARSIS NA WAYNE ENTERPRISES

para o Batman

há algo novo
em sua mecânica quântica

há algo lasso
em seus músculos de aço

sarcasmo,
asco,
mau hálito

há algo insone
em sua sanidade
enquanto cultiva,
trancado na caverna,
tantos hábitos insólitos,
alimenta morcegos,
destila humor negro

e rouba a cena
numa tragédia grega

a cabeça do ancestral, encapsulada
pela crisálida milenar, repousa, sonâmbula,
na árida almofada mineral (todo corpo
no sudário, pedra no solo) sobre cujo delicado
fóssil - joia - está seu único sonho representado :
o peixe-serpente, tendo nadado nos oceanos
do futuro, retorna ao passado - de sal
& água, primordiais - (e para alcançá-lo,
— imortal & sábio, o DNA de Quetzalcoátl
— morde o próprio rabo) entretanto nos escapa,
animal emplumado, quando transformado
em dragão recamado, ou no mais sagrado
& raro dentre todos os outros pássaros

O.V.N.I.s – objetos verbivocovisuais não identificados*

(10 EXPERIMENTOS ENTRE A PALAVRA
E A IMAGEM DESDE OS ANOS 90]ascendente/ descendente]

* O poema "ascendente/ descendente" foi publicado no blog zona da palavra em 2015; Os poemas "prisma" e "fractal" foram mostrados no blog o poema do poeta (2017) [veja mais fotos em https://opoemadopoeta.wordpress.com/2017/07/06/alexandre-guarnieri/] nosso futuro entre nebulosas" foi publicado em GRAVIDADE ZERO; O poema "cosmoroboro" foi publicado em GRAVIDADE ZERO; O poema "taça" foi publicado na Revista eletrônica Mallarmargens em 2012; Os demais são inéditos.

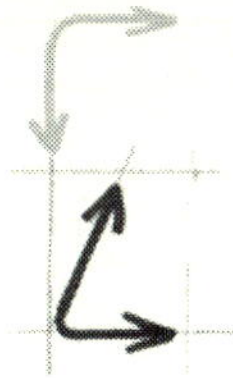

e
t e
n t e
e n t e
d e n t e
n d e n t e
e n d e n t e
c e n d e n t e
s c e n d e n t e
a s c e n d e n t e

d e s c e n d e n t e
e s c e n d e n t e
s c e n d e n t e
c e n d e n t e
e n d e n t e
n d e n t e
d e n t e
e n t e
n t e
t e
e

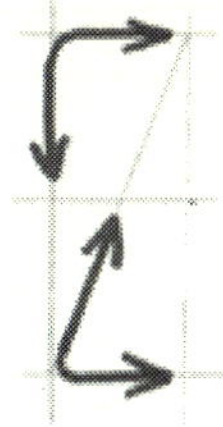

d e s c e n d e n t e
e s c e n d e n t e
s c e n d e n t e
c e n d e n t e
e n d e n t e
n d e n t e
d e n t e
e n t e
n t e
t e
e
t e
n t e
e n t e
d e n t e
n d e n t e
e n d e n t e
c e n d e n t e
s c e n d e n t e
a s c e n d e n t e

escondido

(poema espacial)

ESCON

ODID

ESCON
DIDO

prisma /cristal

(poema objeto)

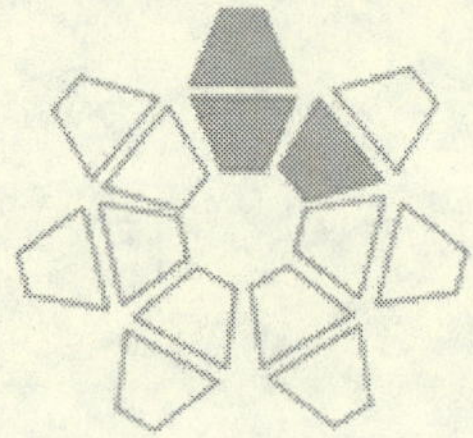

CRISTAL
VÍTREO AL
VOR VOR
AZ AZ
ÚLEO LÚ(Z)C
IDO VIDRO VIRGINAL

ODI ORDIV LANIGRIV
OELÚ C(Z)ÚL
ZA ZA
ROV ROV
OERTÍV LA
LATSIRC

VIRGINAL VIDRO IDO
LÚ(Z)C ÚLEO
AZ AZ
VOR VOR
AL VÍTREO
CRISTAL

fractal

(poema objeto)

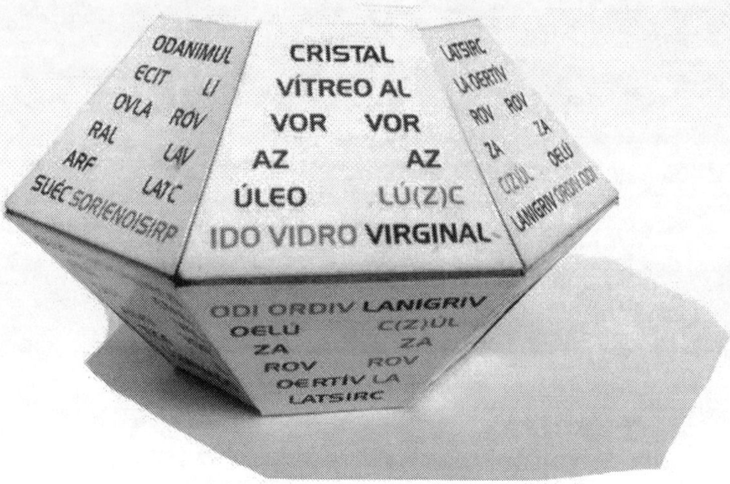

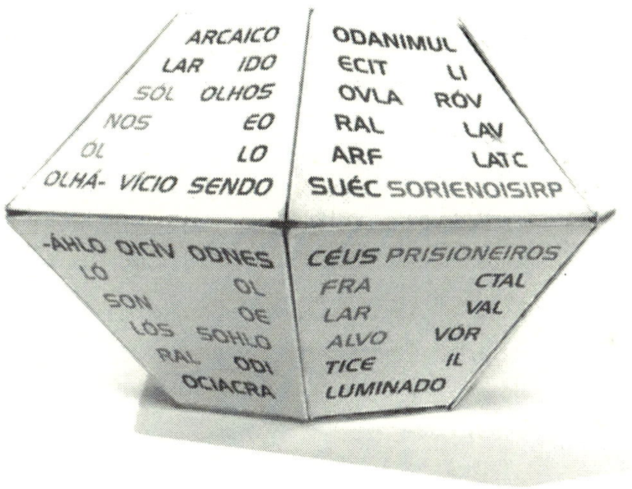
ARCAICO
LAR IDO
SÓL OLHOS
NOS EO
OL LO
OLHÁ- VÍCIO SENDO
ODANIMUL
ECIT LI
OVLA RÓV
RAL LAV
ARF LATC
SUÉC SORIENOISIRP
CÉUS PRISIONEIROS
FRA CTAL
LAR VAL
ALVO VÓR
TICE IL
LUMINADO

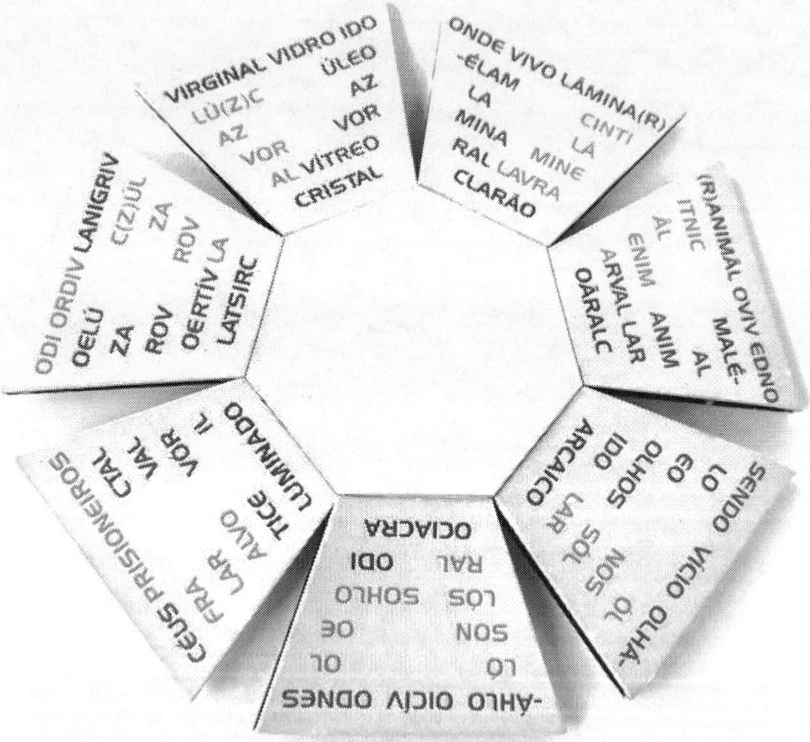
VIRGINAL VIDRO IDO
LÚ(Z)C ÚLEO
AZ AZ
VOR VOR
AL VÍTREO
CRISTAL
ONDE VIVO LÂMINA(R)
-ÉLAM CINTI
LA LÁ
MINA MINE
RAL LAVRA
CLARÃO
(R)ANIMAL OVIV EDNO
ITNIC MALÉ-
ÁL AL
ENIM ANIM
ARVAL LAR
OÃRALC
SENDO VÍCIO OLHÁ-
LO OL
EO NOS
OLHOS SÓL
IDO LAR
ARCAICO
-ÁHLO OICÍV ODNES
LÓ OL
SON OE
LÓS SOHLO
RAL ODI
OCIACRA
CÉUS PRISIONEIROS
FRA CTAL
LAR VAL
ALVO VOR
TICE IL
LUMINADO
ODI ORDIV LANIGRIV
OELÚ C(Z)ÚL
ZA ZA
ROV ROV
OERTÍV LA
LATSIRC

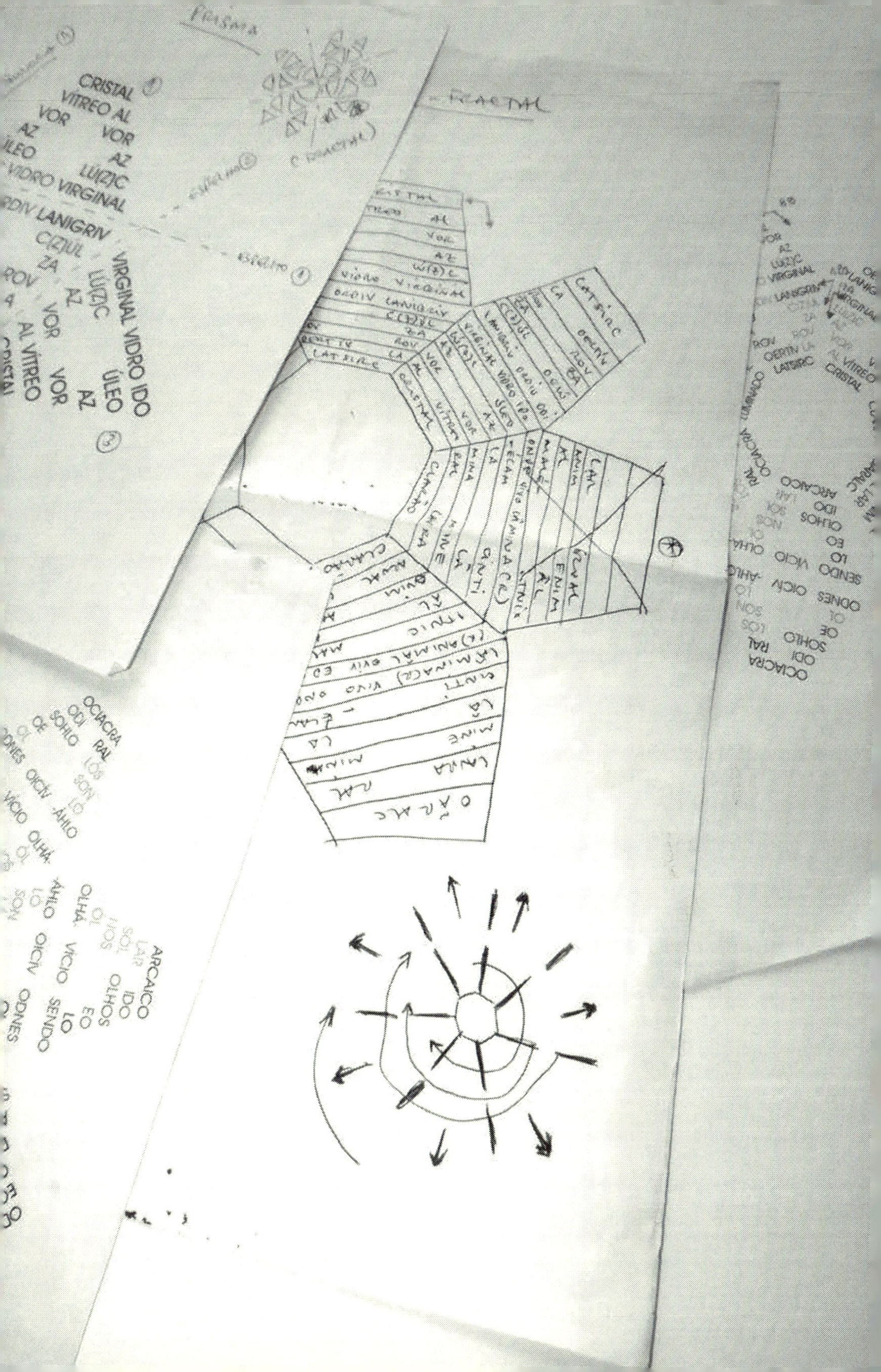
CRISTAL
VITREO AL
VOR VOR
AZ
VIDRO VIRGINAL
VIRGINAL VIDRO IDO
ARCAICO
OCIACRA

(CD-ROM fractal, com poema-objeto
se arma e disco com poema interativo/
colaboração dos artistas gráficos
Lúcia Guizzo e Raphael Carretero)

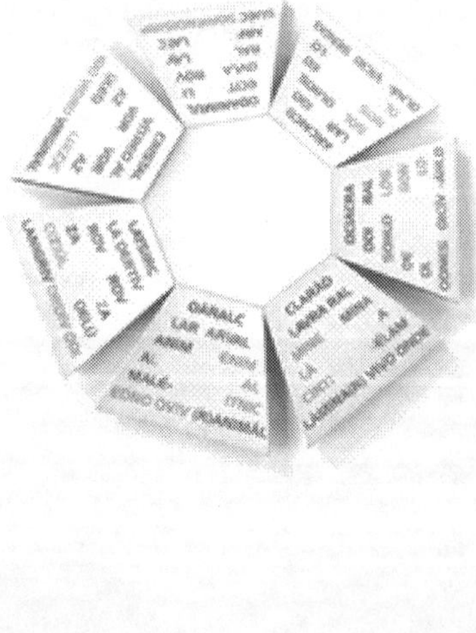

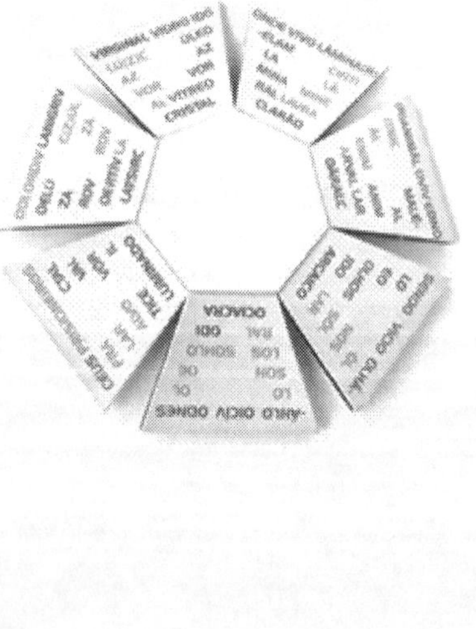

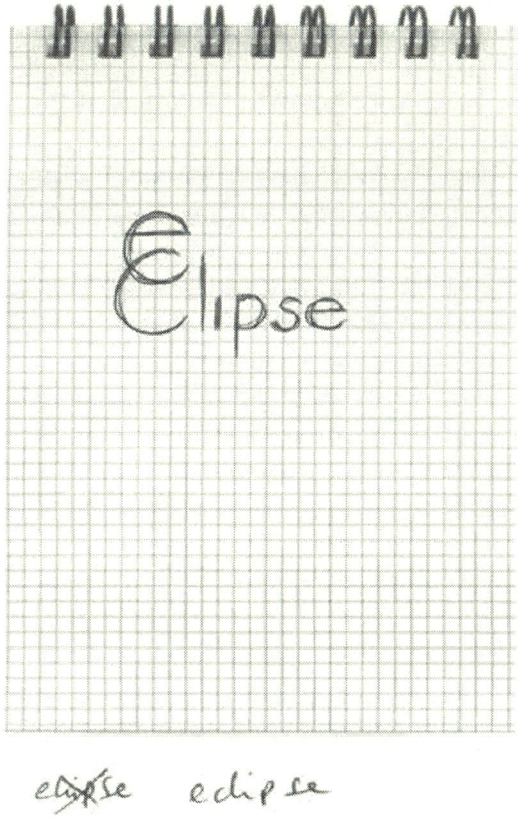
Eclipse
eclipse

Sexo do Céu

o sol copula com a lua

ciclone

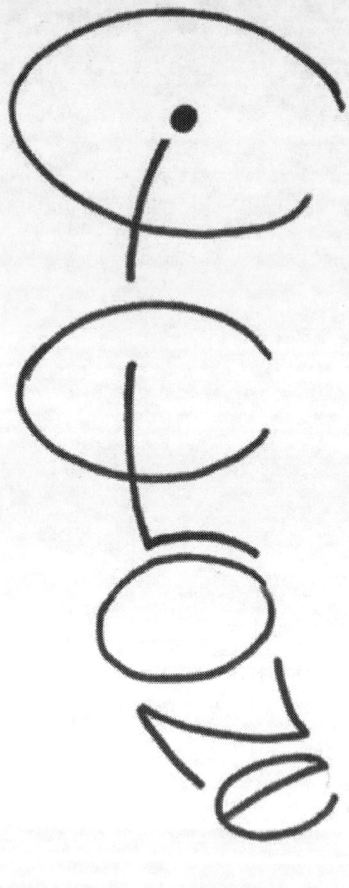

1
alEpH

útero-fúria flor conformando com
pétalas esféricas a urna
telúrica **única**
vulva-nenúfar eflúvios
fêmea de
perfume

2 2
bEtH

máximo esplêndido pênis
excessivo
entre os testículos
pendentes
entra
fende
fode
afunda
funde
dentro
respla
ndesce
o dupl o

júbilo
ejacul
ado do
mús
culo
mús

o orgasmo rasga
os corpos
trêmulos extremos
dos corpos
em tanto afeto se de formam
trans

o centro
- o filho flui -
o feto
o alfabeto
sempre
três

3 3 3
giMMEl

TE ***TRA*** ***GRAMMA*** ***TON***

COSMOROBORO

bebem do teu cálice trancado no acrílico,
do núcleo frio à água imaginária, o único líquido,
invisível, entre lâminas cortadas no plástico polido:
da sede física resta um halo inatingível;
os negativos superpostos de um transparente tomo,
um livro fechado, cada página planejada um frag-
mento previsto pela geometria, como se fosse possível,
(o desenho primeiro) algo quebrado desde o início,
aos cacos (parecem vidro), mas inteiramente composto
no quadro completo de um arrojado e secreto projeto;
como se do molde inócuo, a nenhum material
oferecesse abrigo (essa excêntrica cera
porque fundida às avessas) à clara taça
um artifício esconde o vácuo de cujo interior
é prisioneiro (dezesseis parafusos o frustram
de escapar) do cofre contra o qual (negada,
a garganta seca) só o olhar resolve o lacre;
mínimos chanfros cromados recriminam só nas quinas
(âmbula ou cibório) lembranças de lâminas oblíquas,
uma caixa mágica, absurda, no interior da qual
um magnífico e sombrio artifício se conjuga
oculto o brinde sobre a luz-quase-névoa,
e nem sua origem se revela, a forma etérea,
a haste é nada, não há cristal algum, o objeto falta
(roubado), graal no vácuo, o retângulo do estojo
abriga apenas seu fantasma, muito embora
a coisa em *si*, caso convocada à memória,
pareça agora ligeiramente *menos* corpórea,
que aquela integrada à sua prometida concreção.

a B E l h a

flor – toda – asas

> > pássaro |. séfora < <
)) insecto |. pétala ((
*\\ areia * * * pérola //*
, do céu à terra ,
;plumagem aérea;
do pólen que recolhe
(sêmola < . > fécula)
para a colméia,
o néctar

abelha
pássaro
inseto
pétala
areia
pérola
do céu à terra,
plumagem aérea;
do pólen que recolhe
fécula
para a colméia,
o néctar

PÓS-TUDO*

(ALGUNS POEMAS ENTRE A DESILUSÃO E A DISTOPIA)

* O poema " nosso futuro entre nebulosas" foi publicado em GRAVIDADE ZERO; O poema "kryos" foi publicado na Revista Acrobata n.1 (2013); O poema "STIMPÂNQUE REMÍQSE / steampunk remix" foi publicado em Hiper-conexões: realidade expandida, volume 2, poemas sobre o pós-humano (2014); O poema "post-scriptim" foi publicado em CASA DAS MÁQUINAS; O poema "limiar" foi publicado na opiniães - revista dos alunos de literatura brasileira da USP n.12 (2018); O poema "terrorismo doméstico" foi publicado na Revista eletrônica Ruído manifesto (2019); O poema "homemade big-bang" foi publicado na Antologia Patuscada (2016); O poema "a sêda" foi publicado em 2018 no blog português gazeta de poesia inédita (mantido por José Pascoal); O poema "mandala de houdini" foi publicado em CORPO DE FESTIM; O poema "Senhor Bom Poeta..."foi publicado na Antologia Poesia de Ouro: 104 Poemas garimpados nas redes sociais (2018); Os demais são inéditos.

cometas cortarão os céus sob o vácuo
a anos-luz de onde me encontro agora,
oblongos bólides de gases & fogo
& poeira cósmica alcançarão, porventura,
qualquer coordenada/ a ciência elegerá coisas
cada vez mais difíceis de serem definidas ou
previstas/ sobretudo as mais distantes, em galáxias
estranhas, longe de qualquer possibilidade humana/
aí quasares intransponíveis, perversas cassiopeias,
cordas, singularidades quânticas & buracos brancos
dançam a sós no baile excêntrico do pensamento/

mesmo assim, algumas lentes telescópicas
ao custo de bilhões de euros e dólares,
eventualmente serão postas em órbita
nas costas dos mais indóceis veículos nucleares
para olhar além, para explorar as fronteiras do fora/
noutro continente crianças morrerão de fome/
mulheres serão espancadas à morte
e haverá tanto sacrifício cruel
nesse incompreensível desequilíbrio/

por que capturar essa brutal grandeza?/
qual será o papel do jeito humano
ainda que em meio à própria desgraça
nesse velho teatro fora de escala?/
não obstante, coisas aparentemente tão
pequenas como, por exemplo, um simples desejo,

serão os desafios mais difíceis/ nos corações,
se infiltrarão certos sentimentos, de ínfimos
a gigantescos cortando tudo, tal qual abrem caminho

os muitos rios da geografia, sobretudo aqueles
que tornarão os desejadores, vulneráveis
e frágeis, porque doarão tanto poder
aos seus objetos de desejo, experimentarão
sensações quase insuportáveis/ haverá carência,
e haverá contudo o que desejar/ algo emperrará
no Homem/ fará da dúvida a mesma convidada indesejada,
intrusa à infraestrutura (bem-vinda? ah, isso nunca!)/

se houvesse o *budha* ou outro *avatar* ressuscitado,
a fé, o desapego talvez convergissem
sob a compreensão do curso de que
algo muito maior que nós, bem adiante
do nosso mísero comando, fizesse circular
galáxias com a engenhosidade da mecânica celeste
(ou estes sentimentos que fazem faíscas elétricas
acenderem por dentro, como uma chuva de vaga-lumes
fizesse de cada pele a única superfície no tecido
de uma só luminária acesa) mas talvez escolhamos
o destino oposto/ o fim do mundo muito próximo/

sem bater a porta, se pedirá ao último habitante
que, de uma vez por todas, apague a única luz acesa
no fim do túnel, já muito tênue, e pule no vácuo
para fora do barco que, irrevogavelmente danificado,

um dia foi nossa casa e, confortáveis, flutuávamos
no nada/ da varanda, víamos sóis, miríades, o infinito,
mas enjoamos desta belíssima vista (cansamos da vida),
como aqueles que sempre moraram diante do litoral
e numa tarde qualquer se debruçam, graves, e caem
sem descobrir que eram capazes, eles próprios, de

v o l t a r
v o) (a r

eis o panorama da finitude humana num dia do século 35:
todo necrotério está tutelado pelo setor privado |
conglomerados financiam obras de faraônicos
apart-hotéis congelados nos distritos mortuários |
hidras e cadáveres nadam em jacuzzis de hidrogênio líquido |
todo o nervo do tempo banhado lá estanca a necrose mas só
para quem pode pagar | perderá a alma ou a aura [o próprio
Homem] na era de sua reprodutibilidade técnica? |
necronautas encarcerados à vigília de seus últimos
hospedeiros "falecidos" tampouco reencarnam [são estátuas Ka]
porque cativos ao sacerdócio pseudo-egípcio
dos neo-mumificadores da ALCOR na California
ou da Crionics S.A. | plantadas lado a lado, as cabeças
de Timothy Francis Leary e Jack Kevorkian
tentam abrir os olhos | crânios vestindo rostos de familiares
visitam a eternidade enquanto todo o oceano interditado
["o outro lado"] | são pomares de órgãos | o que fazer da arte
da hereditariedade, seus economistas da vida e da morte
[seus juristas / as famílias] quando os ricos, legam
aos seus próprios clones, suas fortunas, mas não suas dívidas?

"I don't try to describe the future. I try to prevent it."

[Ray Bradbury]

uma caldeira multitubular - o discóbolo - cujos arremessos [Júlio Verne e Kraftwerk] buscariam o mais imenso rendimento [Fritz Lang e Daft Punk] da sua própria energia centrípeta [Georges Meliès e Thom Yorke do Radiohead]/ é movida a tantos pistões e vapores [Bjork e Prodigy] quanto um polvo mecatrônico administraria seus muitíssimos tentáculos de maquinário pesado [Moby, Babbage e Asimov]/ tornando o ar aquecido a mil centígrados [Robert Heinlein, Skrillex e Ridley Scott]/ há pura matéria elétrica/ agora desentenebrecida uma metrópole inteira/ por única obra deste parque de usinas sibilinas [Philip Dick e David Lynch]/ conglomerando aos milhões/ seus salões subterrâneos/ sobre os quais as únicas pistas são seus silvos que assustam [H.G. Wells, Hugo Gernsback e David Cronenberg]/ seus jardins de draconígenas chaminés brotando do solo/ em campos outrora agrícolas/ repisados por tantas máquinas calmas e nostálgicas sob o eterno céu cinza chumbo [Franklin J. Schaffner e os irmãos Wachowski]/ surgisse alguém, entre relojoeiro, disc jockey e operador de caldeira/ propusesse misturar as obras/ os mais sonoros nomes destes mestres-bruxos/ magos cujos trabalhos são o maná/ o elã/ o gás/ domesticasse geisers com hipotéticas válvulas basálticas/ misturasse o velho ao novo/ juntasse tudo e vice-versa/ na centrífuga/ no mais incrível mix do Pós-futurismo à Era Vitoriana (aqui&agora/ retrô&avant-garde) [da Belle Époque ao Apocalypse Now] fosse algum produto tido como original/ da fumaça emanada há séculos [Otomo, Shirow e Endo] surgissem processos modernos na fabricação das idéias [da trilogia Matrix à Odisséia de Homero]/ se finalmente pubicassem o último poema épico de uma raça extraterrestre/ em clima de catástrofe sci-fi/ porque lido na língua dos deuses-astronautas [Eminem e Erich von Däniken]/ de seus ouvintes lhes explodiria os tímpanos ["Marte Ataca!", "War of the worlds" ou "The Day the Earth Stood Still" para Orson Welles]/ ah esse sim, dá asas à ficção especulativa!/ mas seria realmente o melhor clímax/ no caso, quase inextricável/ deste steampunk remix?

à urbe cúbica, -- enorme domo no futuro (nos deixa zonzos, "quem somos?"), de um único jardim de muros, empilhados como um puzzle dúbio sobre subterrâneos de cubos de rubik --, submetemos nossa carne e nossa memória; sob ciclos de ininterruptos equívocos, às enzimas tediosas da rotina e órbitas de horas involuntárias, submetemo-nos a este aparelho de tortura, metrópole ligando-nos a todos (como zumbis) com finíssimos cilindros de rubi e cabos elásticos, desde a alma, entrelaçados aos cordões de prata;

um único titereiro (ex-deus, shiva mecatrônico de tantos braços quanto troncos telefônicos) equilibra-nos entre nós, títeres equidistantes, controla-nos, onipresente, ("estamos em Júpiter ou na Terra? entre nuvens ou na treva?") meros hóspedes algemados à teia inquebrantável na qual seguimos, ígneos e esguios, enguiçados pelo orgulho, mesquinhos bichos corroídos pelo egoísmo, sentindo asco dos vizinhos em sobressaltos de receio,

submetemo-nos à urbe lúgubre e brutal: longas bolhas de sombra engolfam sonhos, desejos, a essência mesma, lançando sobre a pálida aridez dessa cidade-estado os mais estranhos tentáculos de aço, alumínio, luciferinos polímeros polinizam flores de acrílico; há uma cúpula nublada por gases tóxicos, dióxidos (púrpura o horror vaporizado); exalamos sangue, os olhos solidificam e ossos e destroços de nós próprios, mortos, entre outros óbitos, sobram ante a radiação que arde vinda de cima, ou de antes -- nagasaki / hiroshima / chernobyl / fukushima;

careceria à cúpula iluminada de um único dia limpo oferecer um mito antigo que reencarnasse entre os vivos, messias retornado do exílio -- o escolhido, a nova chance dada ao símbolo --, mas não, ao invés disso, continuaremos dormindo, jonas engolidos, sidartas em transe, os dínamos aquecidos à fricção de algum capitalismo pós-apocalíptico, seremos o alimento bioelétrico suprindo a orexia da matrix às custas do próprio martírio; acaso nos fosse oferecida alternativa: epinefrina/ estricnina, cada qual numa pílula respectiva, ambas de cores distintas, certamente as confundiríamos e, imbuídos de sentimento eucarístico e alguma ironia, essa redescoberta, alegaríamos discromatopsia!

I
então, sem que se explique ou entenda
(a coisa em si é remissiva) se incendeia
cada célula ou parcela numa ignição que,
pouco a pouco, afeta, cada pequeno
fragmento de tempo ou afeto; antes
a explosão como metáfora, suas palavras
inflamáveis a dissolver o amor que restou,
como um produto nocivo à química
virulenta da indústria suja, que
sorrateiramente decide riscar
o sórdido fósforo – tortura & fogo -
na úlcera de um poço de petróleo;

II
segue-se então o incêndio severo
que nenhuma tecnologia (a máscara,
o traje, o kevlar, a poliaramida) venceria;
os pulmões absorverão no pânico,
no sangue o irreversível dano,
o carbono sufocando glóbulos brancos,
a ruína de todos os sentidos humanos
estrangulando os que tentam, entretanto,
deter em vão seu vertiginoso avanço;

III

tempos depois emergirão das chamas
as regras negras deste espólio de guerra;
renegarão o fato, às cinzas do rescaldo,
ao erguerem uma cortina de névoa
onde, um dia, esteve uma enorme selva;

passado meio século, restará
uma mancha escura no centro
da estrada construída
sobre o local da fatalidade
tentarão limpá-la: estigma;

IV

mais uma década se passa,
um artista a espia, mancha
nunca limpa ou eliminada,
revira, fotografa, expõe
em prestigiosa galeria;

esta nódoa resiliente
de carvão e sangue e ódio
da qual ninguém recorda,
sequer a origem recontada,
será pura arte abstrata
ou um sarcástico fantasma?

diante do último raio de sol
filtrado pelo fim do túnel,
de que lado estaremos nós
quando tudo se reduzir a pó?

tambores soarão no horizonte,
anjos em chamas, descarnados,
tombarão, de asas destroçadas,
trombetas sopradas por tufões,

ogivas nos pegarão de surpresa
preparando o café, banho, rotina,
a humanidade reduzida a formigas
atacadas por veneno, calor extremo;

rastejaremos (répteis / insetos),
cavaremos o mais fundo possível
e ficaremos por lá, anos a fio,
até quando perdurar todo o horror

e por séculos ainda, não se poderá
dar por extinta a raça humana
dividida entre predadores & presas
(carne crua | zumbis / vítimas)

então, de súbito, numa hora morta
alguém levantará do catre imundo,
fará do sangue a próprio pigmento,
escreverá um poema à luz de lanternas,
o primeiro, da nova era das cavernas

haverá uma máquina intacta,
ainda, entre ossários e cadáveres;
extinta a vida biológica, haverá
ainda facilidades artificiais;
que tudo acabe, que um raio aplaque
a virulenta efervescência humana,
que o suicídio coletivo, em massa,
em escala planetária superpovoe
o futuro com túmulos resolutos,
restará ainda a máquina anônima,
total, renomeando com números
o que restar do mundo

entre um
e outro
disparo
este inter/
valo

capaz de dar
ao tempo
o rapto neces/
sário o á/
timo do á/
tomo em pleno
animus gi/
ratório
(para pa/
rá-lo ?)
bem no meio
do dilema mo/
ral (ar/
mar-se ou a/
mar ?)

entre o pi/
no da grana/
da (sem re/
paro)
e seu fa/

tal esti/
lhaço

o vór/
tex en/
tre o vá/
cuo que pre/
cede o incên/
dio e o jor/
ro go/
zoso do
fo/
go

entre o mís/
sil lan/
çado e o pré/
dio vin/
do abai/
xo

entre o na/
palm em bra/
sa e o bo/
tão ter/
rível da ar/
ma, ao aper/

tá-lo – ga/
tilho lí/
rico –

sequer sus/
peita o gene/
ral - de seu por/
to seguro
de seu re/
moto posto
de co/
mando – a sus/
pensão do trân/
sito entre a vi/
da e a mor/
te este plá/
cido re/
gaço a re/
galá-lo,

que o úni/
co res/
gate para
o inevitá/
vel desas/
tre é de fa/
to dis/

pará-
lo con/
tra o pei/
to de um sol/
dado raso

ao im/
petrá-lo an/
te o ím/
peto do ti/
ro seco
con/
tra a têm/
pora con/
tra o ner/
vo
quan/
do a bala
na cabe/
ça (cruel sen/
tença) é
a úni/
ca re/
com/
pensa dos
ven/
cidos

toda ira sanguínea direcionada
ao centro político
de um país em ruínas

- quem está comigo ? -

todo menosprezo e escárnio
lançados ao povo (sufocado
por desgosto e impostos)
enquanto os ricos óbvios
reciclam a pobreza anônima
em periferias que agonizam
por negligência e frieza

- quem está comigo ? -

a massa ignara, manobrada,
alimentando o monstro nacional
cujo apetite desconhece
qualquer limite: estúpida república
de furto e conluio inconclusivo,
os fulcros do lucro auscultam
(incubus/ sucubus/ exus pedem justiça)
evangélicos esconjuram o assunto
jejuando nus a um jesus em decúbito)

- quem está comigo ? -

se somos ilhas, se somos bichos,
se somos lixo, se somos nada
além da soma do que é desprezível

- quem está comigo
para explodir Brasília ? -

do que se trata esse labirinto de palavras
onde esses loucos batalham,
de suas esferas datilográficas,
conjurando entre augúrios e angústias,
seus parágrafos mais íntimos,
tingidos na fibra do papel vazio?

o que querem, estes seres que escrevem,
na esperança de ajustarem aos sons
do que é possível ser dito
suas energias mais aflitas,
escondidos em suas trincheiras
cravadas de letras, ante o perigo
de serem atingidos pelo inimigo?

que alcancem algum tímido domínio
sobre o violento caos da linguagem,
o que ganharão com isso,
prêmios clandestinos
e louvações dos críticos,
de seus exílios?

por que abraçar entre tantos
possíveis destinos, essa tenebrosa
e nervosa busca pela forma

íntegra e justa, onde dispor
frases certas se revela a única meta?
quem são esses tais "poetas"?

a quem serve a raça dessa gente
quase sempre insana e triste,
que se arrisca por tão parcos símbolos
em alguns volumes e livros,
sem entregar ao império
o que já foi proibido?

por quem dariam a vida? terão vez aqui,
nessa república, se não aceitam
o pesado códex que consagra nossa união?
se não sabem calar a fala ou suas páginas
diante da requerida negação?

que acabe com eles o exército certo!
que extermine essa praga o nosso ministro interno!
alimentem de pólvora e aço o arsenal comum,
não sejamos relapsos contra a real ameaça!

nessas "prosas", nesses "poemas", como chamam
seus escritos entre outras súbitas escaramuças,
navegam quase imperceptíveis, sínteses terríveis,

cujo impacto nas cabeças dos cidadãos mais aflitos,
bem pode abri-las ao meio, fazê-los imaginar
indesejáveis cenários, desafiar a liderança do partido,
as velhas regras do jogo sob a mesma pele de lobo,
capaz que assim vejam o zíper apertado
debaixo do pescoço... verão que é um homem,
o monstro... suspeitarão que ele sonha!

que será de nós sem a ilusão
de que somos de fato temíveis,
sendo todos eles,
irremediavelmente,
livres?

meu anjo, no voo, enjoa
não é ao alto que pertencem
seus saltos sem audácia
mas ao solo baixo, ao assoalho
plano e compacto, ao piso adstrito,
à tábua corrida (e seu ruído),
diáspora de ácaros e ratos;

meu anjo há muito abandonou
sonhos exíguos do "paraíso perdido"
e caiu ferido entre mil executivos,
com revólveres em suas valises e cintos

meu anjo quis reagir,
tentou alçar retorno ao cimo, acima,
ao céu manchado de azuis e cinzas,
mas as asas magras, já inadaptadas
aos braços - agora vazios - fizeram-lhe
sangrar as axilas macias

antes divino, agora cindido –
(desde quando? terá sido desde o início)
– aquele cujo próprio destino antigo,
havendo desistido dele, destitui-lhe
do arcano, de uma sagrada e arcaica
identidade ou qualquer plano magnífico

agora
entre sombras, insone,
tem síndrome do pânico,
citadino anônimo,
enfrenta filas,
dobra esquinas,
coleciona vícios;

ninguém nunca haveria
de suspeitar-lhe o passado alado,
nem ele próprio; agora, enquanto delira,
sozinho no cômodo vazio ou sentado,
entre a poeira e o mofo de qualquer
sala de espera, alucina, sente
uma pressão sutil emergir das têmporas
circundando o crânio por sua curvatura externa
acima dos ouvidos, atingindo a testa, a fronte,
se alastrando pelo topo da cabeça até a nuca
donde pareceria expandir-se para fora,
além da epiderme, duas asas de cêra
por sobre as omoplatas, e já trêmulo,
abstinente, remido ícaro medíocre
(que bem podia ser a musa deprimida
que estrebucha enquanto sussurra

uma última denúncia), quase lembra
que foi eterno, e novamente se entrega
ao esquecimento de si próprio

(só rememora o agora
o desfecho vindo a termo)
                    ou à ruína de mim mesmo
afinal, há quanto tempo
                              meu anjo e eu
                                        somos só eu?

naquilo que destrói ou cria, à mesma pira
(no que é feito cinza
ou no que se cozinha,
ao mesmo forno); naquilo que dispara ou gira,
à mesma bilha, o mesmo fogo apaga ou ativa
(na memória, a vida,
na morte, o crematório)
ou a chama acesa
de uma vela de cera
no que se começa ou encerra,
a mesma queima,
o mesmo fogo, o mesmo forno;
tanto no homem-bomba, um terrorista,
quanto no motor do capital que se fabrica,
no sonho da absoluta ignição – ogiva –,
o mesmo jogo, azar ou logro,
primeiro artefato explosivo:
o gozo

o que este livro, de "poesia difícil",
fabrica, como o leite goteja da teta,
é aquela nostalgia lenta e pretensa
do que ainda não perdemos...

mas talvez, o que ele diga mesmo, é que,
por não termos nos dado conta do fruto,
muito já foi perdido, ou quase tudo...

ou quando a vida é tudo aquilo
que mal lembramos, por avaros,
por bárbaros, é justamente aí
que a memória infiltra na fratura
e todas as quedas se acumulam...

as do abismo futuro, sobretudo,
a nos abrir ao meio, começando
pelo centro, ora pelo sexo, ora
pelo coração, quando enfim,
para que arda mais a melancolia,
teremos a coragem fria
de nos perguntarmos:

"o que foi aquilo
                    que ficou pra trás?
                              o amor?"

                         tarde demais

o homem visita o lugar da infância onde, guri,
havia encontrado, sem suspeitar de nada,
nas brincadeiras do lago, alimentado os patos,
perfeita a descoberta entre a plena aventura
e uma serenidade isenta; mas agora (passados
exatos trinta anos, a inocência drenada alma afora
até a última gota, a bile reflui, borbulha, suja
e há uma astúcia terrível entranhada à carne que,
álacre, perfuma o ar com os temperos azedos
de tantas desilusões sequenciadas), ao invés
da praça da infância, do lago no lado tranquilo
da lembrança, o homem escolhe, pela primeira vez,
visitar o prostíbulo que arde às escondidas
no subúrbio interiorano daquela cidade onde,
irresistível, uma gueixa (para a qual não inventariam
nenhuma queixa!) o aguardara por toda a vida pacata
de puta acarinhada por matutos brutos, mas acanhados;
ainda assim, há outra inocência mais pesada através-
sando as horas estúpidas dessa paixão descontraída,
desencontrada, ali, ao som de música sertaneja e fumaça
de cigarros baratos; em que diferiria essa, daquela inocência?
alguém o aguarda em casa, e longe desse outro oásis
tantas dunas inúteis de preocupações tão bobas
se interporão entre eles, mal recém-encontrados,
apenas há alguns meses

OUTRA CLARA CROCODILO

"Onde andará clara crocodilo? [...]
será que ela está atrás da porta de seu quarto,
aguardando o momento oportuno para assassiná-lo [...]
ou será que ela está adormecida em sua mente esperando
a ocasião propícia para despertar e descer
até seu coração... ouvinte meu, meu irmão?"
[Arrigo Barnabé]

ela lá - prostrada – triste,
abandonando a própria
ossada maquiada pela fome
(o corpo quase irresistível),
largada à própria sorte, que se
transforma no azar diário
de fazer esses homens
mais felizes (será possível?)

ela ali - de quatro - insiste
em sentir tantas mãos calejadas
se atracando aos mínimos quadris,
o corpo um frasco requenguela,
o suor e a lepra sobre ela,
o poroso abismo sem alívio
dessa queda (aliciamento
de meninas);
uma única passagem:
só de ida

flertar com o crime no experimento-limite
entre o tateável e o meramente instintivo:
naquilo que pode ou não ser tocado, da sêda
à roseira, por exemplo, suas respectivas
existências exigem tratamentos específicos;

quando a monotonia dos centímetros
seria comparável à dor dos espinhos?

o que seria a sêda senão o éden
das terminações nervosas, entre
o cérebro e os dedos percorrendo
a superfície de um segredo?

a palma da mão no mistério,
navegando o idílio reativo
de um tecido falsamente retilíneo,
riquíssimo em sensações físicas:

na temperatura há ajuste fino;
a forma aquosa o renova, suave exílio,
como tocar algo no auge do impossível?

largos arcos erguidos no vácuo (ponte longa
atando lados) como lábios, num diálogo;
duas línguas cumprem o léxico amoroso
do vocabulário que precede o sexo;
o beijo como álibi de um pacto selado
entre cúmplices perenes, que se preten-
deriam entregues para sempre, muito
embora, simplesmente, o mais ruidoso
encontro reclame um descanso silente (do
casal, que ligado, se aparta por descaso)
até que surjam – úmidas, sussurradas entre
ambos (os afetos já tão roídos pela abrasão,
à libido alcalina de tudo que finda) estas
duas palavras definitivas :::: "adeus" e "não"

uma redoma, cujo âmago equidistante a qualquer ponto escolhido na linha do perímetro, contivesse prisioneira (imobilizada por correntes pesadas), a mais egoísta das partículas, ali, isolada num labirinto de espelhos, hiper-exposta apenas a si própria, e entretanto o *oroboro* contorcido no centro de um picadeiro de marketing (ou o projeto meramente calculado por qualquer das grandes agências de publicidade), oferecida às massas como o único produto de consumo, que a si mesmo se consuma para o deleite sadista de todos os olhares do mundo; duvidasse ainda esta partícula (numa tormenta, um pesadelo), vítima de uma espécie auto consentida de escravismo, se inteira ou bipartida, se estéril ou fecunda, íntegra ou pulverizada, não obstante na medida em que EU fundo o poema no qual me refugio sozinho (dr. jekyll ou mr. hyde), EU me revelo subitamente egresso de algum túnel até então ocultado e surjo não menos demiúrgico, neste exato momento do espetáculo, talvez o mais obscuro, por sobre cujas palavras arbitrárias, se erguem unicamente as escolhas do MEU monstruoso critério estético e como frankenstein, EU sou este poeta, sou o autor deste poema (onde o excêntrico cientista e a brutal criatura se misturam), sou EU o prisioneiro solitário desta cela simétrica a 35 graus centígrados (são braços e pernas, são duas janelas) cujas paredes de células me encerram na vigília das sensações que se elevam à quase exaustão do estar em mim, enquanto criador deste específico livro de poemas cujo título corpo de festim revisita a minha própria sina de estar vivo e produtivo, mas não faria mal descobrir o mecanismo, o gatilho, de cometer o único crime previsível, quiçá um icônico suicídio pela honra, ritualizado à moda nipônica, para destituir-me enquanto símbolo terrível, do self à tal persona poética, de toda a libido, do meu "EU lírico" (esse *serial killer,* ou o meu místico *inner being*), lançar-me aos ares num assento ejetável, pôr o ego em gravidade zero, pois desisto de permanecer no cio desse rossio, nesse recinto sonoro de letras ciciosas e me esquivo, insidioso, e me livro de encontrá-lo do outro lado, no virar da página, na linha de chegada, me ausento, austero e frígido, da cópula contigo, meu leitor (o rei que deponho do trono da alteridade), eu me livro de você a quem dirijo estas palavras que escrevo sem segredo e nenhum delírio, enquanto eu mesmo me incluo (ou excluo) destas inscrições por alguma convicção oriunda das teses, da mais seleta baderna, da efeméride dos mais sérios intelectos, das disputas da *academia* sobre esta ou aquela forma da poesia, sobre se estar decerto derivado ou negando aquela certa métrica palimpsesta, aquela lírica policialesca de protagonista perseguido, oriunda dos tantos diários da dor de cotovelo dos mais célebres poetas jovens de todos os tempos, e como num número de mágica tão misteriosamente brotado do papel impresso, como a justificativa mais esdrúxula para a suposta geração espontânea d'alguma coisa viva em qualquer ambiente mal fechado por descuido, este aceite que tomado por verdade pela infância da ciência exigiria agora, passado o susto, o mais habilidoso passe do escapista ("ah se harry houdini voltasse às vistas!"), o artista desaparecido sem deixar vestígio, pois quantas vezes, tanto faz se no poema ou no cotidiano, o "eu", essa celeuma trêmula, essa centelha presa ao medo da morte, fincada bem no centro de uma mandala tramada no nada contra a angústia do esquecimento, se quereria extinguir-se, retirar-se da estrutura outrora concebida para receber a suntuosa presença da realeza no palácio da autoria, este "em si" físico do próprio criador, senão aquele quem assina sua própria obra fazendo de si sua única chave explicativa (mas sendo assim, quase um assassino, não a mataria por asfixia?), "ah se harry houdini voltasse à vida!" e se pudesse aprender com ele (sem a interferência do medo), nestes dias de cansaço e desastre, na sentença dessas tardes dominicais de tamanha descrença, num ato máximo de coragem, livrar-se dos cadeados e das grades, (como se recebesse dele este presente célere, entregue de uma só vez), num flash, num splash, no zastrás ou abracadabra, num golpe de mestre, ah se fosse possível simples mente, e para sempre,

D E S A P A R E C E R   D E   V E Z

às vezes escrevo religioso como um monge zen
professando no formato dos sermões
os mais absurdos sutras e koans (nonsense)
às intermináveis guerras no intervalo entre
sons e letras... quisera explodir tudo...

às vezes como um louco num discurso vão,
reverberando aos mais ébrios berros
"acaso é um sacerdócio inglório
esse hábito de tantos poemas bestas?"

o que significa a exigência retilínea
desse moto-contínuo gráfico e fonético?
o que encerra o mistério dessa tão
superestimada corrente sanguínea da língua?

quisera criar uma palavra linda límpida
um singelo neologismo único e rebelde
ao invés grafo rabiscos críveis
mas absolutamente descartáveis
as rimas sempre rentes ao chão
e às paredes desses bélicos cadernos...

quisera ensaiar a escrita mais clara
e apta e cristalina mas o que sobra
quase sempre é esse labirinto caótico
de verborragias cansativas um limbo
infinitamente exaustivo de milhares
de cilindros linguísticos
de caleidoscópicos trópicos

de relógios assíncronos, ilógicos,
em cada qual um horário próprio...

quisera ligar o "foda-se" não dar
a menor bola cagar e andar pra todo
e qualquer juízo de valor estético encontrar
no remanso de uma frase feita, de efeito,
a destreza de um poeta revolucionário!

é por isso que eu quero
que você vá pro caralho, senhor bom poeta!
(é você mesmo aí!)

que me observa do outro lado do espelho,
esgueirando-se, que me segue sorrateiro
nos reflexos cor de prata
quando eu cruzo as vidraças

me persegue nos relances
nos golpes de vista
nos vultos de mim mesmo...

vá pro caralho, senhor bom poeta!

você que se engasga na tristeza
e finge-se um palhaço alegre e leve
e cantarola piadinhas insidiosas
pra regatear migalhas de aprovação
nos bons e velhos salões de sempre

você que quase se afoga no próprio orgulho
mas certamente afunda no lago de fogo e enxofre
da auto piedade até quase o último segundo
quando se agarra à corda trançada
lançada pela equipe de salvamento
ou se insurge no momento final
e sabota o resgate, e se afoga
enquanto finge ainda saber nadar

mas morre aos poucos,
atirando pérolas aos porcos,
mas sufoca aos poucos (seu louco!),
engasgado na própria angústia,

como um peixe lento e cansado de si mesmo
cansado da água como habitat já inadaptado ao sal
de sua própria lágrima envenenando rápido o aquário
de sua própria casa, dessa sua casca frágil,
sob o brilho vítreo dessa máscara…

vá pro caralho você, senhor bom poeta,
alice ou alex, que habita por trás do espelho,
que se esconde no país das maravilhas,
ou num inferno de pílulas coloridas,
e me imita sempre o bom mímico de si mesmo
ou de mim mesmo quando estou em mim,
irritado, rindo ou irado, nesse eterno jogo da imitação…

por isso que eu quero é que você
vá pro caralho, senhor bom poeta!

é você aí mesmo! não se faça de rogado, seu folgado!
arruma tuas malas e vaza! já anunciaram nas rádios:
seu voo (sua viagem sem volta) o aguarda…
e leva de uma vez, quem sabe pra algum planeta novo,
essa porra de "eu lírico" (seu fingido!),
agora parta, astronauta tupy…

pra bem longe daqui!

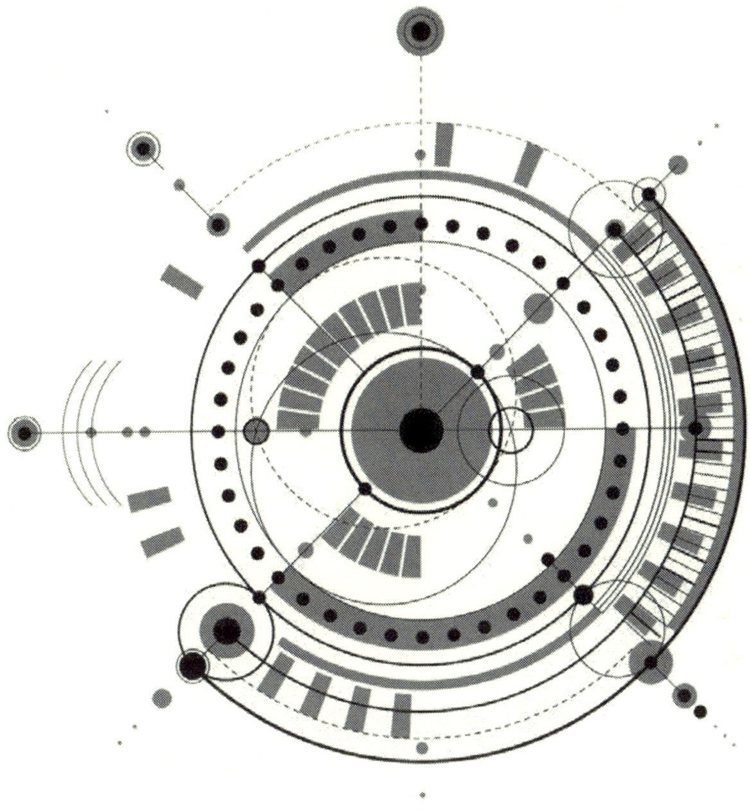

Este livro foi composto em tipos A760-850 Roman e Avant Garde sobre pólem 85
em 2019 em Curitiba pela Kotter Editorial.